Ela em caracteres

Ela em caracteres

Gaby Andrade

Crivo

Edição: Haley Caldas e Lucas Maroca de Castro
Capa: Gaby Andrade
Projeto gráfico: Haley Caldas
Diagramação: Jaison Jadson Franklin
Revisão: Amanda Bruno de Mello

Dados Internacionais de Catalogação na Publicação (CIP) de acordo com ISBD

A553e Andrade, Gaby
Ela em caracteres / Gaby Andrade. - Belo Horizonte, MG : Crivo Editorial, 2020.
190 p. ; 14cm x 21cm.
Inclui índice.
ISBN: 978-65-9907-703-6
1. Autoconhecimento. 2. Evolução. 3. Relacionamento. 4. Lições. 5. Amparo. I. Título.

2020-1360 CDD 158.1
CDU 159.947

Elaborado por Vagner Rodolfo da Silva - CRB-8/9410

Índice para catálogo sistemático:
1. Literatura brasileira 869.8992
2. Literatura brasileira 821.134.3(81)

Crivo Editorial
Rua Fernandes Tourinho, 602, sala 502
30.112-000 - Funcionários - Belo Horizonte - MG

www.crivoeditorial.com.br
contato@crivoeditorial.com.br
facebook.com/crivoeditorial
instagram.com/crivoeditorial
crivo-editorial.lojaintegrada.com.br

Sumário

Apresentação, 09

Capítulo 1 - (IN)DEFINIÇÃO, 11

Capítulo 2 - SINTO MUITO, 39

Capítulo 3 - CHEGADAS E PARTIDAS, 71

Capítulo 4 - O QUE ELA QUER DA GENTE É CORAGEM, 119

Capítulo 5 - PARA OS DIAS DIFÍCEIS, 157

Agradecimentos, 188

Para todas as pessoas que cruzaram o meu caminho

Apresentação

Olá! Prazer, meu nome é Gabryela, mas pode me chamar de Gaby. Este é, teoricamente, meu primeiro livro. Quando eu tinha 10 anos, passei uma tarde escrevendo uma história que foi contada em várias páginas. Minha madrinha, muito orgulhosa, digitou tudo e criou um livrinho que foi distribuído para toda a família. O título era *Aprendendo o sentido da vida*. Eu queria muito me lembrar de qual era o tal sentido da vida que a minha criança estava tentando passar para o mundo. Porque a adulta de hoje não faz a menor ideia de qual ele seja. Desatenta, eu o perdi pelo caminho. Ainda estou tentando descobrir. Acredito que os textos que estão aqui mostram exatamente isso: a minha busca por mim mesma e pelas minhas verdades. Não tenho certeza de nada, nem das minhas próprias certezas. Daqui a algum tempo, quem sabe, posso mudar de opinião e não concordar com nada do que escrevi aqui. Mas acredito que essa inconstância seja algo que a maioria de nós vive. Por essa razão tanta gente se identifica com o que escrevo. Conseguir se enxergar no outro é importante nessas horas, assim não nos sentimos excluídos e sozinhos. Viver em um mundo de aparências, onde todos precisam se mostrar perfeitos e felizes, é difícil e cansativo. Ver alguém mostrando suas feridas, medos e inseguranças nos faz olhar para nós mesmos com outros olhos. Sempre gostei de acompanhar esse tipo de pessoa que não tinha medo de mostrar suas dores. Nunca imaginei que um dia seria eu a estar do outro lado, completamente exposta, para todo mundo ver. A escrita tem esse poder. Paulo Coelho disse uma vez: "escrever é uma forma socialmente aceitável de ficar nu em público". Acho que é por aí mesmo. As palavras despem a alma. E a nudez da alma nem se compara à nudez do corpo. Quem me lê, me vê por inteiro. Aqui, nestas páginas, você me verá em caracteres, espírito e coração. Tenha uma boa leitura!

Com amor,

Gaby

Capítulo 1

(IN)DEFINIÇÃO

**Sobre tentar me definir. E acertar. E falhar.
E acertar de novo. E falhar mais uma vez.
Escrevo muito sobre mim, mas estou
em constante transformação
e nunca sei de fato quem sou.**

Desconhecida

Eu não me conhecia. E isso de ser um estranho de si mesmo, muitas vezes, nos faz trilhar caminhos que não são nossos. Seguir pegadas ao invés de deixar as nossas no chão. Tropecei, caí e me perdi dentro de mim. Eu me surpreendi com minha própria profundidade. Fiquei no fundo, mas consegui voltar à superfície e respirar novamente. Desde então, tem sido um desafio me conhecer para não correr o risco de voltar lá para baixo de novo. Saber de si é poder andar em paz, pular obstáculos, desviar dos buracos. Proteger-se. Ter autoconhecimento é o que nos diferencia da multidão. Autenticidade. Não tenho duas caras. Tenho uma só. E a dou a tapas. Tenho me importado cada vez menos com a opinião alheia sobre mim por um motivo muito simples: conheço minhas verdades, sei quem eu sou. A opinião dos outros a meu respeito é apenas a opinião deles. Nada mais do que isso. Tenho princípios que não deixo que tirem de mim. Luto e morro por eles. Mas algumas ideias, vontades, sonhos estão totalmente sujeitos à mudança. Porque as coisas mudam, o mundo muda, eu mudo o tempo todo. Quero ser a minha melhor versão sempre. Quanto mais próxima de mim eu fico, mais amor, respeito, carinho e cuidado sinto pela mulher que estou me tornando. Acho que fico até mais bonita: nada cai tão bem na gente quanto vestir-se de si mesmo.

Melhor amiga

Tenho um coração que não cabe no peito. Cicatrizes na pele e na alma. Um sorriso que está quase sempre aberto. Gosto de ajudar as pessoas, mas não gosto de todo mundo. Prefiro manter distância de gente preconceituosa, intolerante e que se acha melhor do que os outros. Sou flexível com as pessoas, mas sou dura comigo. Perdoo os outros com facilidade, mas ainda não me perdoei por uma série de coisas. Não guardo arrependimentos, tento transformar erros em lições, mas ainda devo ter alguns aqui comigo. Odeio mentira, mas estaria mentindo se dissesse que nunca menti. Prefiro a dor da honestidade à alegria da ilusão. Choro com facilidade: de tristeza, raiva, felicidade, emoção. Amo e admiro a natureza. Se pudesse, roubaria a lua para mim. Sou apaixonada por arte, gosto de como ela mexe comigo.

Aprendi a mergulhar em mim mesma e tem sido incrível descobrir tantas coisas a meu respeito. Sou minha melhor amiga agora. Como em toda relação de melhores amigas, ainda tenho muitos conflitos e confusões internas, mas o carinho, o respeito e o amor por mim chegam a transbordar. Essa coisa de se amar, se conhecer, se aceitar... Faz muita diferença na vida. O peso do mundo ficou mais leve depois que comecei essa amizade. Talvez seja verdade essa ideia de que o mundo só abre os braços para nós quando deixamos de virar as costas para nós mesmos.

Inteiramente humana

Eu me considero corajosa. E medrosa também. Mulher Maravilha e menina assustada. Ambas vivem dentro de mim. Uma quer voar, a outra precisa de colo. Uma enfrentaria monstros e dragões, a outra morreria presa na torre de um castelo. Uma quer mudar o mundo, a outra só queria se sentir parte dele. Metade coragem, metade medo. Sentimentos opostos que se completam e fazem de mim uma pessoa inteiramente humana.

Boneca russa

Não saberia dizer qual versão de mim sou agora. Foram tantas antes desta. E tenho certeza de que haverá muitas outras depois. Aprendi a aceitar e a acolher cada uma delas. Cada menina e cada mulher que fui, foram importantes para a construção de quem sou hoje. Recordo todas, nem sempre com orgulho, mas com muito carinho e respeito. Somos como bonecas russas. Uma dentro da outra. Vou ficando cada vez maior. Não de tamanho, tenho a mesma altura desde os 13 anos. É minha alma que se agiganta a cada obstáculo vencido, medo superado e lição aprendida. Ninguém consegue ver minhas versões anteriores, mas eu sinto o peso delas. Sou suas dores e alegrias. Vitórias e fracassos. E seus sonhos também. Quero honrar todas elas e me tornar, a cada dia que passa, a melhor versão que posso ser.

Queima ou congela

A intensidade que a faz brilhar na alegria é a mesma que lhe rasga o peito na dor. Ou queima ou congela, não tem meio termo. Mergulha em qualquer poça d'água como se fosse o oceano. Não olha as placas, não lê os sinais. Assume os riscos e a responsabilidade e, sem pensar muito nas consequências, se joga. Por isso quebra a cara. As pernas. O coração. Mas, mesmo aos pedaços, sempre se dá por completo em tudo. Vira e mexe precisa costurar partes de si mesma para ser inteira novamente. Mas a cada remendo, uma lição. Nenhum arrependimento. Prefere ter cicatrizes a ter dúvidas. Gosta das marcas em sua pele porque elas são sinais de que, mesmo que nada tenha saído como queria, ela sabe que tentou.

Sabonete molhado

Eu não me amo todos os dias. Meu amor-próprio, vez ou outra, escorrega e escapa das minhas mãos como sabonete molhado. É difícil para mim. É difícil para a maioria das pessoas, eu acho. Porque o discurso é lindo: tem que confiar em si mesmo, tem que se aceitar, tem que se amar incondicionalmente (mas, meu Deus, como é difícil colocá-lo em prática!). É uma batalha diária. Tem dias em que eu perco e saio toda machucada. Mas tem dias em que não tem luta, simplesmente me acolho, me entendo e me abraço – e isso acalma meu coração. Ultimamente, tenho feito o possível para que os dias de calmaria predominem em minha vida. Confesso que não é fácil, mas me esforçarei ao máximo para que isso aconteça. Depois de tantas guerras dentro de mim, não consigo imaginar uma vida mais feliz do que viver em paz comigo mesma.

(Re)Descoberta

Quando acho que vou gostar, me desagrada. Quando acho que vai doer, não me importo. Quando acho que vou rir, fico apática. Quando acho que vai ser difícil, fica fácil. Quando acho que não vai fazer diferença, mexe comigo. Depois de mergulhar em mim e poder dizer com orgulho que sei quem sou, eu mudo. E o processo de me descobrir começa todo de novo. Tiro meus sapatos, minhas roupas, minhas certezas e, mais uma vez, mergulho no meu próprio oceano para conhecer a nova mulher que habita em mim.

Mentiras sinceras não me interessam

Eu odeio quando mentem para mim. É um tapa na cara em forma de palavras. Dependendo da mentira, é um soco. Desses que deformam o rosto. Machuca muito. A decepção aparece na hora e a confiança vai embora. Por isso busco ser sincera e espero o mesmo dos outros. Quero distância de quem mente. Mas descobri que, muitas vezes, eu mesma fiz isso. Foi um susto perceber que eu fazia comigo aquilo que sempre tinha condenado. Escondemos coisas dentro de nós mesmos. Achei que não era possível, mas é. Quando o peito aperta e nos sentimos sufocados, não tem erro, há algo ali na garganta querendo sair. Mas ignoramos. Fingimos que não vemos. Mas o fato de não vermos não significa que alguma coisa não existe. Por isso aprendi a identificar os sinais. Quando não consigo enxergar o que me sufoca, eu vasculho tudo aqui dentro até encontrar. Fiz um acordo comigo mesma: nunca mais eu vou mentir para mim.

Honestidade

Ela aprendeu a ser honesta consigo mesma. Passou tempo demais ignorando o que queria só para se encaixar no que esperavam dela. Foi libertador entender que não precisava agradar todo mundo. Há um abismo entre ser egoísta e fazer o que é melhor para você – ela só descobriu isso agora. Incluiu a palavra NÃO em seu vocabulário. Achou incrível como três letras e um acento podem ser tão poderosos. Ela se conheceu. Não esconde seus sentimentos: vai falar sobre eles como quem fala sobre sua série preferida. Isso assusta. Hoje em dia, as pessoas ignoram o que sentem, não dizem o que querem e fingem ser o que não são. Ela é intensidade em um mundo vazio. Mas carrega dentro de si uma certeza: quando todos descobrirem que não há nada que supere a paz de ser sincero consigo mesmo e com o outro, ninguém deixará de ser quem realmente é.

Amizade atípica

Tornei-me amiga dos meus medos. Agora já sei chamá-los pelo nome. Estou, aos poucos, descobrindo suas origens e enxergando suas consequências. Ganhamos intimidade. Eu os abraço e os acolho. Olho em seus olhos. Não finjo que não existem, nem os escondo no armário. Eles caminham ao meu lado. Brincam comigo. Criam desafios que são grandes aprendizados. Tenho vencido alguns deles, mas, quando um dos medos ganha, consigo entender o recado: é ele que eu preciso superar.

Cigana

Admiro as pessoas que já nascem sabendo qual profissão seguir, que conhecem o amor da vida na escola, se formam, se casam, têm dois filhos e um cachorro. Seguem o roteiro direitinho e são felizes assim. A minha vida não tem roteiro certo, digitado e salvo em um arquivo na nuvem. Ela está sendo escrita à mão, em folhas soltas, cheias de rabiscos e recortes. Porque estou em constante transformação. Minhas certezas são muito mais em relação ao que eu não quero do que ao que quero. As mudanças, normalmente, surgem quando sinto que algo não está me fazendo bem (ou quando já me machuquei inteira). Aí eu mudo a rota. Viro a esquina. Troco de calçada. Mas eu não sei para onde estou indo. O caminho é incerto. Gosto de aproveitar a caminhada, de observar tudo ao meu redor. Às vezes me dá uma angústia de não saber aonde vou, mas é muito melhor continuar andando sem destino que permanecer em um lugar que me faz mal.

Amadurecer

Amadurecer é complicado, mas deixa a vida mais simples. A bagagem fica pesada, mas ficamos mais leves. Aprendi a falar menos e a ouvir mais. Abaixo o tom da minha voz quando alguém grita querendo ter razão. Não faço questão de estar certa. Gosto de aprender e não me importo em mudar de opinião. Abraço com mais força, choro com mais dor, sorrio com mais alegria. Ando com menos pressa, deixei de correr porque me dei conta de que não estou em uma competição. Meus pequenos passos me fazem reparar melhor em tudo o que há ao meu redor. Estou aprendendo a me amar, a cuidar de mim, a me conhecer. Sei reconhecer meus erros e acertos. Divido memórias felizes e culpas – não gosto de carregar tudo sozinha, nem deixo o peso todo com o outro. Já não faço questão de ter a aprovação de todos. Sou eu quem tem que me aceitar. Não fico mais chorando no portão vendo alguém indo embora da minha vida, agora eu mesma pego a pessoa pela mão e a levo até a porta. Quero por perto só quem me faz e me quer bem. Não insisto no que machuca. Não preciso de mais cicatrizes para a minha coleção. Maturidade não vem com a idade, tem a ver com a nossa capacidade de aprender as lições.

Paz interior

Estou aprendendo a ser calmaria no olho do furacão. Minhas batalhas internas estão a cada dia menos violentas. Quando me machuco, deixo doer. Respeito minha dor e permito que ela fique aqui até se esgotar. Porque agora eu sei que, no final, ela vai me ensinar alguma coisa. Com as alegrias faço o mesmo: permito que transbordem de mim até não restar mais nada. Sem nenhuma vergonha. Sorrio, dou gargalhadas, danço sem música. Abraço todos os sentimentos que vivem em mim. Mesmo que confusos ou ruins, eu os acolho. E os deixo ir quando for a hora de irem embora. Afinal, não dá para guardá-los para sempre, principalmente aqueles que me fazem mal.
Não posso afirmar com certeza, sei que a felicidade está nos momentos bons, mas acho que ela mora em um lugar de difícil acesso, chamado *paz interior*.

(In)Definição

Sou minhas conquistas, minhas derrotas, meus medos e meus sonhos. Sou um pouco de cada pessoa que passou pela minha vida: familiares, amigos, amores, conhecidos e desconhecidos com quem cruzei na rua e sequer troquei olhares. Sou o que penso, o que leio, o que ouço, o que escrevo, o que digo. Sou coração partido e remendado. Sou minhas séries, músicas, livros e filmes preferidos. Sou desânimo e esperança. Sou fé e dúvidas. Sou amor incondicional. Sou mão que ampara e que também pede ajuda. Sou força, sou fragilidade. Sou decepção e lágrimas. Sou sorrisos e alegrias. Sou pé no chão, mas quero asas. Sou um turbilhão de sentimentos. Sou intensidade. Sou tudo o que me aconteceu. Sou cada segundo da minha existência. Mas não sou ontem. Sou hoje. Sou agora. Sou um dia de cada vez. Não sei quem serei amanhã.

Heroína

Ela já foi aquela pessoa frágil que se quebrava toda em qualquer queda. Ficava aos cacos. Hoje, quando cai, se levanta. Nem sempre inteira, mas já consegue juntar seus pedaços e seguir em frente. Mandou reciclar o papel de vítima que usou tantas vezes. Não é mais a mocinha indefesa da história. É a heroína. Mas sua força não é física. É uma força que nasce no coração e se espalha pelo corpo. Tal força é a responsável por não deixá-la sucumbir. É ela que mantém sua fé intacta. Que a faz criar buracos em paredes quando não vê saídas. Acolhe e respeita suas dores. Não nega sua escuridão. Seu corpo fica em festa quando está feliz. Tem os pés no chão, mas queria voar. Talvez aprenda. Talvez não. Mas agora a gente já sabe que, se ela cair, com toda a certeza desse mundo, ela vai se levantar.

Impossibilidade

Sinto falta de mim. Tenho mudado tantas vezes e tão rápido que mal dá para aproveitar algumas das minhas versões. Queria passar mais tempo com elas. Não sei muito bem como isso funciona. Um dia sou uma, um dia sou outra. Eu me sinto perdida boa parte do tempo. Queria ser só uma e pronto. Mas aí a vida vem e me mostra outros caminhos, outros pontos de vista, outras realidades; me ensina lições importantes; me dá novos desafios; me apresenta novas pessoas; vira meu mundo de cabeça para baixo... E então eu entendo: é impossível ser sempre a mesma.

Essência

Eu exalto as minhas mudanças porque precisei de coragem para que a maioria delas acontecesse. Algumas vieram naturalmente com o tempo, de forma fácil e leve, outras precisaram de esforço, empatia, estudo. E muitas só aconteceram depois de muita dor. Mas todas me transformaram e fizeram de mim quem eu sou. Tenho orgulho disso. Mas, ao olhar para trás, me sinto ainda mais orgulhosa das coisas que em mim nunca mudaram. Vejo que mantenho a minha essência. Que a maldade do mundo não levou embora a minha humanidade. Que o amor que guardo no peito já pulsava no coração da minha criança. O brilho nos olhos também é o mesmo. Ainda acredito nas pessoas, ainda quero o bem de todos, ainda espero viver em um mundo melhor e tento fazer a minha parte.
É importante mudar, mas é necessário mantermos intactas algumas partes de nós, pois, quando estivermos perdidos, são elas que nos lembrarão quem realmente somos.

Visitas

Toda vez que o medo, a insegurança e a tristeza batem na minha porta, eu os deixo entrar. Eles já são velhos conhecidos de casa. Têm o lugar preferido no sofá, na mesa de jantar, abrem a geladeira sem pedir licença. Apesar de não me sentir muito bem com a presença deles aqui, sempre fico atenta ao que eles querem me dizer. Escuto com atenção. Fico tentando entender os motivos da visita – porque ela é sempre inesperada. Nunca sei quanto tempo vão ficar. Às vezes ficam horas, às vezes, dias. Houve um tempo em que ficavam por meses. Já aconteceu de ficarem durante anos consecutivos. Ainda bem que não fazem mais isso! Hoje em dia, faço questão de aprender com eles, mas os expulso assim que acho que devo. Porque a felicidade só vem quando eles não estão aqui. E ela é uma visita diferente, não bate na minha porta, sou eu quem tem que buscá-la.

Sensivelmente forte

Cresci com a ideia de que ser forte é aguentar tudo. Nunca chorar. Carregar o peso do mundo nas costas. Não dizer não. Fugir de sentimentos. Isso de sentir demais parecia ser coisa de gente fraca.

Que tola! Eu nunca estive tão errada. Ao engolir o choro e evitar fazer papel de boba, eu lutava contra mim mesma. Gastava a minha força numa luta da qual a única pessoa que saía machucada era eu. Foram anos assim, ignorando o que eu sentia, o que eu queria, o que era importante para mim. O que eu não percebia era que o meu receio de parecer fraca me enfraquecia. Hoje em dia me sinto muito mais forte do que antes. Choro quando tenho vontade, seja embaixo do chuveiro ou no meio da rua. Aprendi a dizer não. Já consigo separar o que é meu do que é do outro. Não carrego o peso do mundo sozinha. Deixei de ser a super-heroína que, ao tentar salvar todo o mundo, acabou se tornando vítima de si mesma. Não tenho vergonha de expor meus sentimentos. Eu me fortaleço quando aceito minha fraqueza. Encaro e aceito tudo o que sinto. Sem lutas. Minha sensibilidade vive à flor da pele. Sei que sou forte porque é preciso ter muita força para carregar tanto sentimento dentro de si.

Café

Tem dias em que eu adoço o café, tem dias em que não. Revezo o doce e o amargo, sem muito critério, vai de acordo com a minha vontade. Eu queria que a amargura ou a doçura dos meus dias também fosse uma escolha minha. Mas, infelizmente, não é. Minha vida é uma montanha russa de emoções. Há momentos em que perco o ar de tanto rir e outros em que me afogo nas minhas próprias lágrimas de tanto chorar. Minhas dúvidas e certezas se misturam. Tenho vontade de ir embora (mas ir para onde?). Se eu pudesse, sairia de dentro de mim e daria umas voltas por aí. A maioria das minhas cicatrizes não é visível e as dores que mais doeram não foram físicas. Construí muros ao meu redor, mas agora estou tentando destruí-los. A esperança brinca de esconde-esconde comigo quase todo dia. Carrego o amor-próprio em uma peneira, por isso, vira e mexe, ele escapa de mim. Eu tiro lição de tudo o que acontece. Cresço nas adversidades, já estou tão grande que não caibo em qualquer lugar. O meu sorriso nem sempre é feliz e nem sempre meu choro é triste. O café eu adoço, mas tem dias em que eu tomo amargo mesmo.

Não mais

Minhas cicatrizes deixaram minha pele mais grossa e resistente. Não sangro por qualquer coisa. Situações que me abalavam por dias (às vezes, por meses), hoje me deixam mal por, no máximo, 24 horas.
Sou meu próprio sol, meu mundo gira em torno de mim. Nada e ninguém conseguem me tirar do eixo. Há um tempo, achava que isso era egoísmo. Aprendi que tem outro nome: amor-próprio. Faço tudo para o meu bem. Não tento agradar a todos, não insisto no que machuca, consigo seguir em frente sem olhar para trás.
Tenho me desapegado com facilidade de tudo e de todos aqueles que não somam nada à minha vida, pelo contrário, só sabem tirar de mim. Onde não há respeito e consideração, não há presença minha. O passado eu guardo na memória, armazeno tudo o que foi bom, mas sigo minha jornada sem esse peso que, muitas vezes, não nos deixa caminhar. Agradeço todas as lições que minhas cicatrizes me ensinaram. Como disse, elas deixaram minha pele mais grossa e resistente. Não sangro por qualquer coisa. Não mais.

Estradas de terra

Tem sido assim: estou me encontrando no inesperado. Refazendo-me com partes de mim que eu não conhecia. A imprevisibilidade da vida só confirmou aquilo de que eu já desconfiava: meus planos não me pertencem. O caminho certo ficou muito perigoso, porque machuca permanecer em um lugar onde você não cabe mais. Não adianta seguir a estrada asfaltada se seu destino final não é aonde você quer chegar. São as estradas de terra que estão me levando até os meus sonhos. Apesar dos buracos, da sujeira, da falta de segurança, é ali, no meio do caos da incerteza, que eu me vejo caminhando de mãos dadas com a felicidade.

Castelo de areia

O castelo que construí com todas as lições que o amor-próprio me ensinou era de areia. As inseguranças e os medos vinham como ondas e o destruíam. Eu precisava reerguê-lo toda vez que ele desmoronava. Era preciso aprender novamente cada ensinamento importante. Sobre meu valor. Minhas qualidades. Meu potencial. E tantas outras coisas. Isso me levava à exaustão. Assistir de camarote, repetidas vezes, a destruição daquilo que eu construí era difícil. E doloroso também. Isso não estava certo. Então, resolvi mudar. Deixei a coroa de lado. Eu não precisava de um castelo. Precisava de um lugar seguro. Por isso, decidi consolidar os ensinamentos em mim. Ser o seu lar. Guardar aqui dentro e gravar no meu peito cada lição que precisei aprender de novo. Para nunca esquecer. E nunca duvidar de mim mesma.

Agora, ao invés de destruir tudo o que tenho, o mar apenas me limpa e leva embora aquilo que tenta me derrubar.

Caminho feliz

Eu não sei exatamente como aconteceu. Mas as coisas ruins começaram a perder importância. O comentário maldoso, a falta de consideração, a implicância, o desdém... Essas coisas não têm me afetado como antes. O que fica guardado é o que as pessoas me fizeram de bom. Guardo o amor, os sorrisos, as torcidas, os aplausos. Foco nos elogios, ao invés de pensar nas críticas. Alegro-me com quem me liga no meu aniversário, ao invés de me entristecer com quem se esquece da data. Reservo um lugar especial no meu coração para quem vibra comigo nas minhas conquistas, ao invés de me lamentar por quem as ignora. Somos nós que escolhemos o que merece a nossa atenção. E eu só quero me importar com o que (e com quem!) me faz bem. Não existe nada melhor do que saber a hora de soltar a mão do que machuca e caminhar ao lado só do que nos faz feliz.

Carta ao passado

Querida criança,
Não quero te deixar triste, mas tem coisas que você precisa saber: tudo o que aprendeu nos contos de fada não acontece na vida real. Essa história de princesa, príncipe, cavalo branco foi te ensinada de forma errada. Na realidade, somos nossas próprias heroínas, vestimos nossa armadura, enfrentamos os dragões e saímos da torre pelos nossos próprios méritos. O príncipe encantado, que não é príncipe coisa nenhuma, pode chegar depois, como companheiro, amigo, para acrescentar coisas boas à nossa vida. Não para ser nosso salvador e razão da nossa existência. Você deveria ter aprendido como é lindo ser uma pessoa inteira, amar a si mesma em primeiro lugar e então poder compartilhar todo o sentimento bom que existe em você com os outros.
Meio confuso, né? Mas crescer é complicado mesmo. Amadurecer é assustador. A gente sente medo, fica perdido, se decepciona, sente dores em lugares onde não há feridas aparentes.
Parece ruim, mas tem a parte boa. Com o passar dos anos, conseguimos aprender com cada momento ruim. O tempo nos mostra que a felicidade está nas coisas simples e no amor daqueles que nos cercam.
O mundo ainda tenta nos empurrar goela abaixo que a gente precisa seguir certo roteiro de vida e se encaixar

em padrões surreais, mas não se preocupe, já sabemos que a vida é muito mais do que isso.
Aquele seu coraçãozão continua batendo no meu peito.
Obrigada por me ensinar a olhar para o outro com empatia e respeito, a ver aqueles que são invisíveis e a querer ajudar quem precisa.
Seu carinho pelo próximo me ajudou a cativar pessoas incríveis. Tenho uma família linda e amigos maravilhosos. Estou envolta em uma redoma de amor e sei que sou muito abençoada por isso.
As coisas podem não ter saído do jeito que você imaginou, mas, apesar das dificuldades, foi por causa da imprevisibilidade da vida e de tudo o que não deu certo que aprendemos o que sabemos hoje.
Saiba que farei o possível para não te decepcionar e sempre correrei atrás da nossa felicidade.
Um beijo cheio de saudades,
Você do futuro.

Capítulo 2

SINTO MUITO

Sobre um amor que morreu antes de nascer.

SempreÉMuitoDiferençaFuracãoLetraDeMúsicaOFimTudoQueEuSempreQuisT
preÉMuitoDiferençaFuracãoLetraDeMúsicaOFimTudoQueEuSempreQuisTeDi
ÉMuitoDiferençaFuracãoLetraDeMúsicaOFimTudoQueEuSempreQuisTeDizer
itoDiferençaFuracãoLetraDeMúsicaOFimTudoQueEuSempreQuisTeDizerMas
DiferençaFuracãoLetraDeMúsicaOFimTudoQueEuSempreQuisTeDizerMasSóC
erençaFuracãoLetraDeMúsicaOFimTudoQueEuSempreQuisTeDizerMasSóCons
nçaFuracãoLetraDeMúsicaOFimTudoQueEuSempreQuisTeDizerMasSóConsegu
FuracãoLetraDeMúsicaOFimTudoQueEuSempreQuisTeDizerMasSóConseguiEs
acãoLetraDeMúsicaOFimTudoQueEuSempreQuisTeDizerMasSóConseguiEscre
oLetraDeMúsicaOFimTudoQueEuSempreQuisTeDizerMasSóConseguiEscreven
traDeMúsicaOFimTudoQueEuSempreQuisTeDizerMasSóConseguiEscrevendoO
DeMúsicaOFimTudoQueEuSempreQuisTeDizerMasSóConseguiEscrevendoOIní
úsicaOFimTudoQueEuSempreQuisTeDizerMasSóConseguiEscrevendoOInício
caOFimTudoQueEuSempreQuisTeDizerMasSóConseguiEscrevendoOInícioDoF
FimTudoQueEuSempreQuisTeDizerMasSóConseguiEscrevendoOInícioDoFimM
TudoQueEuSempreQuisTeDizerMasSóConseguiEscrevendoOInícioDoFimMedo
oQueEuSempreQuisTeDizerMasSóConseguiEscrevendoOInícioDoFimMedoDeA
eEuSempreQuisTeDizerMasSóConseguiEscrevendoOInícioDoFimMedoDeAmar
SempreQuisTeDizerMasSóConseguiEscrevendoOInícioDoFimMedoDeAmarFer
preQuisTeDizerMasSóConseguiEscrevendoOInícioDoFimMedoDeAmarFerida
QuisTeDizerMasSóConseguiEscrevendoOInícioDoFimMedoDeAmarFeridaQue
sTeDizerMasSóConseguiEscrevendoOInícioDoFimMedoDeAmarFeridaQueFer
DizerMasSóConseguiEscrevendoOInícioDoFimMedoDeAmarFeridaQueFereEs
erMasSóConseguiEscrevendoOInícioDoFimMedoDeAmarFeridaQueFereEstra
asSóConseguiEscrevendoOInícioDoFimMedoDeAmarFeridaQueFereEstranho
óConseguiEscrevendoOInícioDoFimMedoDeAmarFeridaQueFereEstranhoVit
nseguiEscrevendoOInícioDoFimMedoDeAmarFeridaQueFereEstranhoVitrin
eguiEscrevendoOInícioDoFimMedoDeAmarFeridaQueFereEstranhoVitrineW
iEscrevendoOInícioDoFimMedoDeAmarFeridaQueFereEstranhoVitrineWhat
crevendoOInícioDoFimMedoDeAmarFeridaQueFereEstranhoVitrineWhatsap
vendoOInícioDoFimMedoDeAmarFeridaQueFereEstranhoVitrineWhatsappSe
doOInícioDoFimMedoDeAmarFeridaQueFereEstranhoVitrineWhatsappSemCh
InícioDoFimMedoDeAmarFeridaQueFereEstranhoVitrineWhatsappSemChãoO
cioDoFimMedoDeAmarFeridaQueFereEstranhoVitrineWhatsappSemChãoOlho
DoFimMedoDeAmarFeridaQueFereEstranhoVitrineWhatsappSemChãoOlhosQu
imMedoDeAmarFeridaQueFereEstranhoVitrineWhatsappSemChãoOlhosQueNã
edoDeAmarFeridaQueFereEstranhoVitrineWhatsappSemChãoOlhosQueNãoMe
DeAmarFeridaQueFereEstranhoVitrineWhatsappSemChãoOlhosQueNãoMeVee
marFeridaQueFereEstranhoVitrineWhatsappSemChãoOlhosQueNãoMeVeemQu
FeridaQueFereEstranhoVitrineWhatsappSemChãoOlhosQueNãoMeVeemQuadr
idaQueFereEstranhoVitrineWhatsappSemChãoOlhosQueNãoMeVeemQuadrilh
QueFereEstranhoVitrineWhatsappSemChãoOlhosQueNãoMeVeemQuadrilhaRe
FereEstranhoVitrineWhatsappSemChãoOlhosQueNãoMeVeemQuadrilhaRejei
eEstranhoVitrineWhatsappSemChãoOlhosQueNãoMeVeemQuadrilhaRejeitad
tranhoVitrineWhatsappSemChãoOlhosQueNãoMeVeemQuadrilhaRejeitadaDe
nhoVitrineWhatsappSemChãoOlhosQueNãoMeVeemQuadrilhaRejeitadaDesis
VitrineWhatsappSemChãoOlhosQueNãoMeVeemQuadrilhaRejeitadaDesistên
rineWhatsappSemChãoOlhosQueNãoMeVeemQuadrilhaRejeitadaDesistência
eWhatsappSemChãoOlhosQueNãoMeVeemQuadrilhaRejeitadaDesistênciaMér
atsappSemChãoOlhosQueNãoMeVeemQuadrilhaRejeitadaDesistênciaMérito
appSemChãoOlhosQueNãoMeVeemQuadrilhaRejeitadaDesistênciaMéritoSil
SemChãoOlhosQueNãoMeVeemQuadrilhaRejeitadaDesistênciaMéritoSilabarCada

Início do fim

Quando te conheci,
nada senti.
A perna não tremeu,
a pupila não dilatou,
o coração não acelerou.
O turbilhão de sentimentos
veio depois.
Fechei portas e janelas,
para que não entrasse.
Mas não adiantou.
Era um furacão,
destruiu a casa inteira.

Medo de amar

Jurei que não tinha medo do amor,
eu só precisava ir embora.

Virei as costas.
Caminhei em direção ao fim.
Não olhei para trás.

Eu menti.
Era medo.
E era amor também.

Ferida que fere

Sei que te feriram. Vejo suas cicatrizes daqui.
Já até me dispus a te ajudar, mas você não quis minha ajuda.
Não consigo entender, se sabe que dói, por que me machuca?
Faça um favor para você mesmo (e para mim!): não se iguale a quem te feriu.

Estranho

Você não me decepcionou e nem me magoou.
Foi a versão de você que eu criei que se desmoronou
bem na minha frente e acabou me ferindo.
Não guardo ressentimentos por uma simples razão:
eu não te conheço.

Vitrine

É céu e inferno. É caos e paz. É querer você para sempre e desejar nunca mais te ver. É congelar com sua frieza e me derreter com seu sorriso. É sentir na boca o doce do melhor beijo e o amargo da pior decepção. É querer brincar com fogo, mas saber que queima, que dói, que vai deixar marcas. É nadar em um mar de incertezas, me afogar nas lembranças ruins, mas ser salva pelas boas.
É ver você na vitrine e dizer para o coração:
– Na volta a gente compra.

Whatsapp

Abriu a conversa e escreveu:

Sinto sua falta!!!!
APAGOU
Saudades de você.
APAGOU
Oiiiiiii
APAGOU
Oi
APAGOU

Desistiu. Escreveu nada.
Desejou apagar os sentimentos assim como apagou as mensagens.

Sem chão

Ela tinha muitas dúvidas. A incerteza a estava consumindo e machucando. Precisava saber, por isso insistiu. Então, não teve jeito, ele acabou falando:

– Eu não sinto o mesmo por você!

Desconfio que esta frase seja o código secreto para a entrada em um abrigo subterrâneo. Afinal, assim que ele disse aquelas palavras, um imenso buraco se abriu sob os pés dela.

Olhos que não me veem

Eu estava ali.
Eu sempre estive ali.
Mas você preferiu não me ver.
Por um tempo achei que eu fosse invisível.
Só depois fui entender que para ser vista por outras pessoas, eu não preciso dos seus olhos.

Quadrilha rejeitada

A palavra rejeição me dava calafrios. Quando me senti rejeitada por você, eu me encolhi, achei mesmo que era menor do que as outras pessoas ("Por que ele não me quis?" – eu me questionava o tempo todo). Queria saber e entender o que eu tinha feito de errado. Foi então que, pela primeira vez, me vi de verdade. Foi surpreendente. Na busca pelos defeitos que justificassem o seu não querer, encontrei inúmeras qualidades em mim que eu não sabia que existiam. Conheci uma mulher incrível que não via a hora de ser resgatada: "o amor de ninguém poderia me salvar, só o seu" – ela me disse. Desde então é ela quem rege a minha vida. Essa nova versão de mim me ensinou que não podemos escolher sentimento. O fato de uma pessoa não gostar de nós da mesma forma como gostamos dela não significa que temos algo de errado ou que ela não consegue ver o ser humano maravilhoso que somos. Os seus olhos podem até ver, mas é o coração que precisa sentir. Drummond já havia nos alertado sobre como essas coisas funcionam: "João amava Teresa que amava Raimundo que amava Maria que amava Joaquim que amava Lili que não amava ninguém". Se eu fizesse parte dessa quadrilha, provavelmente, amaria João.

Desistência

Concordei quando você disse que tínhamos nos conhecido em um momento ruim. Mas hoje não vejo assim. Acredito que você apareceu no momento certo. Na hora certa. Do jeito que tinha que ser. Eu só não tinha entendido direito as razões. Você não veio para ficar comigo, você veio para que eu pudesse me aproximar de mim. Até outro dia, me perguntava por que essa coisa esquisita sem nome que a gente teve não tinha dado certo. Mas deu certo sim. Deu muito certo. Não conseguiria listar aqui as coisas que aprendi. Você tem uma importância ímpar na minha vida. Mas deu o que tinha que dar. Acho que já entendi do que eu precisava. Não posso ficar te esperando. Por mais intenso que seja o sentimento de alguém, ninguém pode sentir por dois. A matemática do amor não funciona desse jeito. Mas tem uma lógica que nunca muda: quem quer não tem dúvidas. E eu me dei conta de que quero alguém que só tenha certezas em relação a mim. Por isso eu desisti de você. Mas não é um desistir carregado de mágoa e rancor. Não. Muito pelo contrário. É um desistir cheio de gratidão e amor. Eu, finalmente, entendi que estava me alimentando de esperanças que eu nem sequer sabia de onde vinham. E, você sabe, essa coisa de não saber a procedência dos alimentos que a gente ingere pode nos fazer muito mal.

Mérito

Depois de quase ter sido engolida pelo medo, finalmente consegui abrir meu coração. Eu te quis com todas as minhas forças, de um jeito que eu nem sabia que era possível. Meu sentimento por você me transformou. Mexeu com cada pedacinho de mim e me virou do avesso. Tocou nas minhas feridas, riu dos meus medos. Ele travou uma batalha dentro do meu peito. Precisei expulsar a gritos tudo aquilo que não permitia sua presença. Mas você não quis entrar. Depois de ter me salvado, preferiu ir embora.
Fiquei confusa. Só mais tarde eu entendi que te pintei de herói, quando, na verdade, você nada fez por mim.
Foi meu sentimento por você que me salvou.
Lutei sozinha cada batalha.
Fui minha própria heroína.
O mérito é todo meu.

Silabar

AVASSALADOR
É a palavra que definiu por muito tempo meu sentimento por você.
Agora que acabou, restou somente a última sílaba.

– A-vas-sa-la-DOR.

Cada dia é menos

Hoje foi menos do que ontem. Amanhã vai ser menos do que hoje. Cada dia que passa é menos você e mais eu. Estou ocupando seu lugar. Decorei aquele espaço enorme que você tinha no meu coração e preferiu deixar vazio. Agora está cheio de flores, tem quadros coloridos e mobília combinando. Está a minha cara. Demorei a perceber que era um desperdício deixar um lugar tão grande abandonado. Eu realmente achava que era seu, não queria mexer. Só depois me dei conta de que ele sempre foi meu. Nada mais justo do que cuidar dele. Estou deixando tudo lindo e aconchegante, acho que o próximo que vier vai querer ficar. Ou não. Não tem como saber. Ninguém é obrigado a permanecer em um lugar só porque é bom. Não vou forçar a estadia de ninguém. Tem muitos quartos, na verdade. Cabe muita gente. É o meu coração, as chaves estão comigo. O importante não é se alguém vai querer ficar, importa que agora eu sei que posso decidir quem entra e quem sai daqui.

Precipitada

Eu me precipitei. Achei que sim, mas não estava preparada. O tempo estava fazendo o trabalho dele com maestria. Eu mal conseguia te ver, de tão longe que você se encontrava. Achei que não teria problema te trazer de volta, afinal, é sempre bom estar rodeado por quem é importante para nós. Mas teve problema sim. Você voltou e trouxe na bagagem meus sentimentos. Olhando daqui, eles parecem estar menos intensos (acho que a distância deve ter feito alguma coisa com eles nesse período), mas estão vivos como nunca. Percebi que eles não tinham acabado, estavam apenas adormecidos. Agora estou confusa. Não sei o que sinto e nem o que fazer. Não quero me afastar de novo.

A verdade é que eu não queria ir embora, foi você quem nunca quis ficar.

Sapato

Eu odeio o fato de todo "você" dos meus textos ter um rosto, um nome, um endereço. Eu odeio a certeza que tenho de que já te esqueci e, ao mesmo tempo, não ter dúvidas de que você nunca saiu do meu pensamento. Eu odeio não sentir nada em um dia e no outro ser invadida por tantos sentimentos confusos e inexplicáveis que fazem meu coração doer.

Você já foi embora, mas continua aqui comigo. A física diz que não é possível, mas você vive em dois lugares ao mesmo tempo. E eu não sei como consegue fazer isso. Já tentei rasgar meu peito por dentro para te tirar de lá, mas foi em vão. Eu só consigo me machucar ainda mais.

Tenho consciência de que não vou te esquecer. Não existe isso de esquecer alguém. Sentimento não acaba, muda. Muda de intensidade, de tamanho, de lugar. Quando aceitamos e respeitamos o que sentimos, o sentimento se movimenta com mais facilidade. E a gente percebe que ele, realmente, de forma muito natural, vai se transformando e ocupando outro espaço dentro de nós. Mas é que cada movimento dele me machuca e eu ainda não me acostumei com a dor. Não sei quando vai passar, tenho um pouco de pressa. Essa transição tem demorado demais. Dizem que o tempo ajuda. Ele até tem passado rápido ultimamente, mas parece que funciona de um jeito diferente (e bem mais devagar, por sinal) quando se trata de assuntos do coração.

Eu tenho tentado seguir em frente. Sair, conhecer outras pessoas... Mas só de ouvir o seu nome eu ainda fico desconcertada. Eu te quis tanto, mas tanto, que nem eu acreditei. Não sabia que era possível gostar de alguém desse jeito. Foi um desperdício. Eu separei o melhor de mim para te dar, mas você não quis, então tive que jogar tudo fora. O problema é que não posso fazer absolutamente nada a respeito, porque você tem todo o direito do mundo de recusar algo que não quer.

Você é aquele sapato lindo pelo qual nos apaixonamos na vitrine, mas que não é o nosso número. Por mais sapatos que existam no estoque da loja, insistimos em querer justamente o que não cabe. E não dá para levar para casa, porque sabemos que vai machucar.

Mas o coração fica apertado só de pensar que a qualquer momento vamos esbarrar com alguma pessoa em quem ele coube direitinho e ficou ótimo. Teremos que admitir que o sapato ficou bem melhor nela do que ficaria em nós. Não ia adiantar calçá-lo à força, corríamos o risco de nos ferir e ainda estragá-lo.

Um sapato pequeno não cabe no meu pé. Eu e a minha intensidade também não cabemos em qualquer pessoa.

7x1

Copa do Mundo. Jogo do Brasil. Amigos. Telão. Cerveja. Banda. Música alta. Celular. Instagram. Foto. Mãos dadas. Você. Ela. Coração. Não era 2014, não tinha alemão nenhum ali, mas aquele dia foi o meu 7 a 1. Talvez 7 a 0, porque eu nunca marquei gol nessa história. Mas a vida é assim mesmo. Vitórias e derrotas, igual no futebol.

Você disse que sentia muito. Que eu merecia, mas que não conseguiu. Falou também que torcia MUITO por mim (desse jeito mesmo, em caixa alta). Foi quase bom ler isso. Foi um abraço em forma de palavras. Daqueles bem apertados – quando um coração conversa com o outro, sabe? Eu senti de verdade que era sincero, que não foi da boca para fora. Mas estava doendo de um jeito que nunca tinha doído antes, acho que nenhum abraço ia conseguir amenizar a minha dor naquele momento.

Eu também sinto muito. Nos dois sentidos que essa frase tem: pesar e excesso de sentimento. Não consigo ser diferente. É tudo demasiadamente intenso dentro de mim.

Momentos e sentimentos se desencontraram. Não tínhamos (e nem temos) controle sobre isso. Eu carreguei por muito tempo o peso da culpa. Achava que poderia ter feito muita coisa diferente. Mas depois me dei conta de que não podia cobrar do meu eu do passado o entendimento e a maturidade que tenho agora. Não era justo fazer isso. Ela tinha tanto medo, tantas dificuldades, tantas barreiras para ultrapassar... Fez o que dava conta de fazer. Você, a mesma coisa: também fez o que conseguia. Nenhuma suposição do que poderíamos ter feito de diferente vai mudar o que passou. E tudo bem. As coisas acontecem como deveriam acontecer.

NÃO ERA PARA SER – a conclusão mais sensata, verdadeira e dolorosa de todo fim.

Não há culpados.

É difícil entender isso.

Saudades da Copa de 2014. Aquele 7 a 1 doeu menos.

Hora de ir embora

A romantização do apego impede que pessoas sigam em frente. Batalhar pelo que você quer é completamente diferente de insistir em algo que te machuca. Lutar pelo amor de alguém soa como algo bonito, quase heroico. Mas é triste e perigoso.

Sentimento não é conquistado na marra, no grito. Ele acontece de forma natural. A luta pelo amor do outro é uma batalha perdida em que o lutador sai mais machucado do que quando entrou. Por isso, saber a hora de ir embora é uma bênção.

Vai. Sem fazer alarde, sem dizer aos quatro ventos que está indo.

Vai. Sem ter que fazer festa de despedida e convidar quem não te quer mais ali.

Vai. No silêncio e na certeza de que agora você pode ir e só ficar onde for bem-vinda.

Afastamento

Apagou seu telefone e o deletou das redes sociais. Seguiu a sabedoria popular: "o que os olhos não veem, o coração não sente".
Ouviu alguém dizer que era infantilidade, mas nem se importou. Infantilidade para ela é se lamentar ou insistir em algo só porque a criança mimada que vive em nós não aceita ser contrariada.
Quer seguir em frente. Quer paz.
Não acha que é preciso manter alguém em sua vida porque essa pessoa foi importante um dia. Gratidão e importância não têm nada a ver com convivência. Se no presente a presença de uma pessoa não lhe faz bem, ela vai se afastar mesmo. Não vai ficar se machucando de graça.
Lugar de lembrança boa é na memória, e não nas redes sociais, curtindo suas fotos.

Afastamento é o melhor remédio para um coração partido que tem pressa para ser inteiro de novo.

Descanse em paz

Despedir-se de um sentimento é difícil.
Não tem corpo para ser velado.
Não tem caixão.
Não tem enterro.
Mas ele existia, morava em nós.
Dói arrancá-lo do peito.
É um pedaço nosso que se desmembra e vai embora.
Há pessoas que não conseguem deixá-lo ir.
Tem quem o pegue pela mão e o leve até a saída só para garantir sua partida.
Sentimento não é gente, mas também morre e precisa descansar em paz.

Sinto muito

Sua imagem está sumindo da minha memória.
Não consigo lembrar qual é a cor dos seus olhos.

O gosto do seu beijo já saiu da minha boca faz tempo.
Não há vestígios do seu toque na minha pele.

É como se você nunca tivesse existido.

Isso é triste:
alguém que foi importante
hoje não ser ninguém na minha vida.

Eu sinto muito por isso.
Acho que eu sempre senti demais.

Diferença

Achou que tinha esquecido. Lembrou. Garganta deu um nó. Coração apertou, acelerou, saiu pela boca.
"Mas eu não tinha superado?" – ela se questiona.
Superou sim.
Não dói mais como antes.
Saudade do que você sentia pela pessoa não é saudade da pessoa.
É importante saber diferenciar isso.

Furacão

Eu fui uma brisa passageira na sua vida, um sopro quente que sequer atrapalhou o seu cabelo. Você foi um furacão na minha, desses que destroem cidades inteiras. Mas essa destruição toda aconteceu dentro de mim. Demorou mais tempo do que deveria para colocar tudo no lugar. A bagunça foi realmente muito grande. No início eu nem sabia por onde começar, mas, aos poucos, as coisas foram se ajeitando. Durante a arrumação eu me machuquei inteira. Estava vivendo no caos, tropeçava e caía o tempo todo. Mas não se preocupe, todas as feridas já estão cicatrizadas. Ainda bem. A bagunça também já era. Meu interior nunca esteve tão arrumado. Joguei muita coisa fora, coisas que não tinham nada a ver com você (a maior parte delas, inclusive), mas que atrapalhavam a minha caminhada. Eu me sinto leve agora.

Parecia que tudo estava organizado antes, mas estava igualmente desarrumado, eu só não conseguia ver porque ficava escondido. Havia sentimentos ruins, lembranças que doíam, medos desnecessários... Um tanto de coisa que não fazia sentido estar aqui dentro. Quase tudo aquilo que me fazia mal foi embora. Eu me dei conta de que, sozinha, eu nunca teria tirado nada do lugar. Era mesmo preciso que alguém fizesse

isso. Se não fosse você, seria outra pessoa. Por isso não guardo nenhum tipo de ressentimento.
Foi incrível perceber que o furacão não me destruiu, pelo contrário, seus ventos fortes trouxeram para a minha vida a melhor versão de mim mesma.
Nem todo furacão destrói, alguns vêm para reconstruir.

Letra de música

Tinha aquela música
que eu sabia
de cor e salteado.

Quando tocava,
meu coração acelerava
porque eu me lembrava de você.

Outro dia a ouvi de novo
e veio a surpresa:
eu esqueci a letra.

Acho que é assim que
o amor sai da gente.
Ele nunca vai embora sozinho.

O fim

Parei de procurá-lo, mas ele vivia aparecendo na minha memória. Permaneceu tempo demais por aqui e, de repente, sumiu. Não sei explicar como. Aquele sentimento que ocupava cada centímetro do meu corpo, de uma hora para outra, perdeu espaço dentro de mim. O coração abraçou a realidade e se conformou. Sem a ilusão da paixão ou o orgulho do ego. Agora eu posso afirmar sem hesitar: foi melhor assim. Aprendi o que precisava aprender, o propósito se cumpriu. Serei sempre grata por todos os momentos pelos quais passei. Até por aqueles que rasgaram meu peito e me estilhaçaram por dentro. Se não fosse por isso, não teria aprendido tanto. Foram inúmeras as lições que me fizeram mudar completamente quem eu era. Ele foi um capítulo especial na minha vida. Mas agora é só isso: uma história que passou. Ela já tinha acabado há tempos, mas eu insisti e continuei escrevendo sozinha. Porém, agora não há mais páginas. O livro acabou. Fim.

Tudo o que eu sempre quis te dizer, mas só consegui escrevendo

Eu nunca te disse isso, mas você me ganhou num detalhe. Um detalhe pequeno que, possivelmente, outra pessoa teria deixado passar batido. Ali, em pé no bar, no dia em que nos conhecemos, você reparou que a marca da cerveja que eu estava bebendo era diferente. Ao contrário dos outros que, na hora de buscar, trouxeram a mesma bebida para todo mundo, na sua vez, você trouxe para mim a cerveja da qual eu gosto. Não foi uma troca justa: você me entregou uma garrafa gelada e eu te entreguei meu coração. Um coração intacto que, de tanto medo de amar, nunca tinha sido quebrado. Mas quebrou. E seus cacos dilaceraram meu peito por dentro.

No começo, não conseguia aceitar e tentei lutar desesperadamente contra esse sentimento (nunca havia me apaixonado, tinha certeza de que era imune a isso!). Eu te deixei no meio do fogo cruzado da minha batalha comigo mesma (desculpa!). Não sei se chegou a se ferir, mas entendi por que preferiu ir embora.

O problema é que eu fiquei e continuei em guerra com meus sentimentos. Apesar de serem internas, as lutas eram tão violentas que chegavam a ser físicos os sinais da minha derrota – eu, literalmente, passava mal quando te encontrava. Mas, quando resolvi me render e abraçar tudo aquilo que sentia, você já tinha ido embora.

Não te culpo. No seu lugar, eu teria feito o mesmo. Mas confesso que queria que você tivesse ficado ao meu lado e lutado comigo. Sei que essa responsabilidade era um fardo pesado demais, que você não precisava carregar. Mas a criança mimada que vive dentro de mim te queria ali, segurando a minha mão.

O que mais doeu foi você ter desistido de nós sem ao menos ter tentado. Infelizmente, faltou reciprocidade e sintonia. Vivi tudo numa intensidade e você em outra: eu me explodi por dentro e acho que você nem sentiu cosquinha.

Não foi fácil. Gostar de alguém pela primeira vez na fase adulta não tem vantagem alguma. Maturidade não serve para nada nessas horas, se quer saber. Eu sofri igualzinho a uma adolescente. A única diferença que existia entre mim e as garotas apaixonadas que têm metade da minha idade é que eu sabia que a dor de um coração partido, apesar de intensa, não ia me matar. E, de fato, não morri. A dor passou e eu nem precisei de Dorflex(!).

Não vou negar que demorou demais. Doeu demais. Eu não conseguia seguir em frente! Não percebia que estava tentando ocupar um espaço que não era meu e, pior, um espaço em que eu sequer cabia. Eu me diminuí diversas vezes na ilusão de me encaixar em algum lugar na sua vida, mas não deu certo. Aprendi

só depois que, quando alguém quer, ele mesmo nos coloca lá.
Perceber que não adiantava insistir e que continuar tentando só causaria mais dor e sofrimento foi libertador. Foi um processo longo entender que não era para ser, que não ter dado certo não era culpa minha (nem sua!) e que eu deveria expulsá-lo do meu coração. Cheguei a arrancar diversas vezes a casquinha da ferida antes de deixá-la cicatrizar. Mas está tudo bem agora. A cicatriz ficou bem pequenininha, mal dá para notar.
No fundo, nossa história me fez mais bem do que mal, aprendi muito com essa experiência. Meu sentimento por você me instigou, me desafiou, me virou do avesso. Foi lutando contra ele que eu acabei me encontrando. Consegui derrubar a muralha que estava em volta de mim. Aceitei que sou como qualquer outra pessoa e que não posso controlar o que sinto. As inúmeras batalhas que travei comigo mesma me feriram demais, mas me transformaram em uma mulher mais forte, destemida e dona de si. Saí da minha zona de conforto e muita coisa mudou na minha vida depois disso.
Só tenho a agradecer por você ser um cara observador e ter reparado na marca da minha bebida naquele dia. Mas, da próxima vez, vou preferir acompanhar a turma e beber a mesma cerveja que todo mundo, para não correr o risco de passar por isso de novo.

Capítulo 3

CHEGADAS E PARTIDAS

Sobre relacionamentos. E a minha certeza de que escrever sobre isso é muito mais fácil do que aplicar qualquer conhecimento que temos desse assunto em nossas vidas.

Desconstruindo o amor

Desconstruir o conceito do amor romântico tem sido algo bem difícil, mas acredito que seja algo necessário para a busca de um relacionamento saudável. A ideia de ter um amor que não consiga viver sem mim antes me fazia suspirar, hoje me apavora. Eu não quero isso. Esse amor que controla, que cria dependência, que te afasta das pessoas... Não é bonito. Revejo filmes que considerava lindos e românticos quando era mais nova e me assusto. Alguns não passam de histórias de relacionamentos abusivos fantasiadas de histórias de amor. É triste. Às vezes me questiono se estou errada por estar problematizando esse tipo de coisa. Não sei se estou desacreditada ou simplesmente mais consciente. Mas acredito que ter uma noção maior do que é relacionamento abusivo, do que é amor-próprio, entender a importância da nossa autonomia e da nossa individualidade nos faz ter uma percepção completamente diferente do que é amor.

Algumas atitudes que faziam meu olho brilhar hoje me fazem dar dez passos para trás. O que eu achava super-romântico agora não passa de um alerta que me diz: cuidado!

Não estou falando de intensidade aqui. Pode-se amar muito. Pode-se ter tanto amor a ponto de ele transbordar de você. A questão toda é saber o lugar desse amor na sua vida. Não deixar que ele te transforme em alguém que você não é. Não ser dependente emo-

cionalmente. Não se afastar dos amigos. Não deixar que o amor pelo outro seja maior do que o seu amor por você mesmo.
A minha ideia de amor tem a ver com liberdade. Quando perguntado por que não podia ficar sozinho sem Yoko, John Lennon respondeu: "eu posso, mas não quero". Acho que é por aí mesmo: amar é escolher ficar com alguém porque quer, não porque precisa. É essa escolha que eu chamo de amor.

Caminhada

Não sei o porquê de termos pressa para encontrar alguém. O fato de quase todos os livros, filmes, novelas e séries mostrarem que os personagens só têm finais felizes depois de encontrarem o amor talvez tenha nos influenciado. Porque o que a gente quer mesmo é ser feliz. E se nos vendem a ideia de que o outro pode nos proporcionar isso, então vamos correr atrás dele. Mas está errado, né? Vida real é outra coisa. Não tiro a importância que um romance tem na vida das pessoas. Ter alguém com quem compartilhar nossa trajetória é lindo. Mas ainda nos ensinam que somos metades. E ser metade é ser incompleto. E, ao invés de buscarmos saber sobre nós mesmos, buscamos no outro sabe-se lá o que nos falta. Eu queria que tivessem me ensinado antes a importância do amor-próprio, do autoconhecimento e dessa independência emocional. Que, ao invés de ter pressa para encontrar alguém, me estimulassem a me encontrar. A ser inteira. A não mendigar afeto. O outro amplia, mas não é (e nem pode ser) a razão da nossa alegria. Hoje em dia eu sei disso. Já registrei em cartório: minha felicidade me pertence. Saber que não dependemos de alguém para sermos felizes nos faz diminuir o passo. Caminhar devagar, sem pressa. Enquanto carregamos nossa felicidade no peito, podemos apreciar melhor a paisagem. E, se o amor vier, é bem provável que a gente transborde – é o que acontece quando duas pessoas inteiras se juntam.

O amor está nos detalhes

Eu sempre fiz parte do time das pessoas que acham necessária a demonstração de afeto. Ninguém é obrigado a adivinhar o que sentimos. Mas, ultimamente, tenho visto esse assunto por outra perspectiva. É importante demonstrarmos nossos sentimentos, mas é importante também sabermos que nem todo mundo consegue fazer o mesmo. É difícil para alguns. Cabe a nós aprendermos a identificar o amor nos detalhes, sem essa de ficarmos mal porque o outro não demonstra como gostaríamos.

A sua mãe que vive te criticando, mas que não pode te ver saindo de casa que já solta: "leva um casaquinho". O seu pai que está sempre de cara fechada, mas, se você pedir, te busca em qualquer lugar a qualquer hora. O namorado que ainda não disse "eu te amo", mas saiu do trabalho mais cedo e passou uma tarde inteira no hospital com você. A namorada que não é de fazer declarações de amor, mas comprou um antigripal e deixou na sua casa porque percebeu que você está ficando doente. A amiga que vive sumindo, mas toda vez que você a chama para o seu aniversário, ela faz questão de ir. O amigo que te deixa no vácuo no WhatsApp, mas, vira e mexe, lembra de você e te marca em *memes* no Instagram. São detalhes. Não é preciso que alguém tatue nosso nome no braço ou jogue flores de um helicóptero para sabermos que ele nos ama. A gente sente quando é amado. Não espere ver as suas atitudes no outro. As pessoas amam e demonstram de formas diferentes, é fundamental entender isso.

Amor da nossa vida x Amor para a nossa vida

Dizem que existe o amor da nossa vida e o amor para a nossa vida. O primeiro é tipo a sua alma gêmea, aquele que tira seu fôlego, seu chão, sua razão. O beijo encaixa, o toque arrepia, o coração dispara só de ouvir o nome dele. AQUELA PESSOA. O outro é alguém, também importante, que você ama, porém que não causa esse reboliço todo. Mas é quem fica com você. Muitos afirmam que os mais sortudos têm os dois amores na mesma pessoa, só que isso não acontece com todo mundo.

Acho essa ideia interessante, mas, na minha opinião, é triste também. Odiaria viver com alguém sabendo que o amor da minha vida é outro. Ou, pior, ser o amor para a vida e não da vida da pessoa com quem escolhi estar. Não parece justo.

Gosto de pensar que cada pessoa que entra na nossa vida tem um papel e uma importância. Algumas vêm para ensinar e acrescentar algo, outras precisam aprender com a gente. Sobre amores, alguns serão mais importantes do que outros, claro, por diferentes razões.

Cada amor tem sua relevância, sua lição e seu lugar na nossa história. Alguns terão capítulos mais especiais, mas nenhum deveria ser coroado como o amor da nossa vida. Não é saudável colocar uma relação em um pedestal. É muita responsabilidade, principalmente se não der certo. Até porque o amor da nossa vida nunca, em hipótese alguma, deveria sair do nosso lado. E eu só consigo pensar em uma pessoa capaz de fazer isso de verdade: a gente mesmo. Somos nós que estaremos sempre ali, segurando a nossa própria mão, quando mais ninguém estiver por perto. Somos o amor da nossa vida, todos os outros são amores para a nossa vida. Amores que ferem, amores que curam. Amores que vão, amores que ficam. Amores que paralisam, amores que transformam. Amores. Todos únicos. Todos nossos. Que sejam eternos enquanto durem.

Só o amor não basta

"Só o amor não basta". Eu solto esse clichezão toda vez que alguém fala de términos entre pessoas que se gostam. É tipo dizer "saúde" depois que espirram perto da gente. Mas, se questionada sobre o porquê de apenas o amor não ser suficiente, eu não sei se saberia responder exatamente o motivo.

O amor é o sentimento mais lindo e perfeito do mundo, mas ele mora dentro de seres humanos – e nós temos muitos defeitos! Sozinho, ele não cisma que você está estranho e para de falar com você. Ele não implica com nenhuma amizade sua, nem assiste à série de vocês sem a sua companhia. O amor não pergunta quem é aquela pessoa que curtiu sua foto na rede social – ele nem sequer tem uma rede social!

Coitado, não sabe muito bem como funcionam as coisas do lado de cá. Por isso ele necessita de ajuda. É preciso confiança, respeito, lealdade, cumplicidade, empatia, paciência, jogo de cintura, atenção, compreensão, cordialidade, bom humor, gentileza, afeto, sintonia... E mais uma porção de coisas.

É necessário entender que ser um casal não é ser uma pessoa só, é preciso saber respeitar a individualidade do outro. Cada um tem que ter sua própria vida: seus amigos, sua comida favorita, o estilo musical de que mais gosta, um lugar preferido no mundo. Não é preciso pensar igual a respeito de tudo e nem gostar das mesmas coisas. Mas é fundamental saber ouvir e aceitar a opinião do outro sem querer impor a sua. Vez ou outra é essencial abrir mão de algo e não achar que o que você quer sempre deve prevalecer. Relacionamentos não são uma competição, mas ganha quem está disposto a enfrentar as adversidades de uma vida a dois. É importante tirar o amor do pedestal dos sentimentos e colocá-lo no coração. Só o amor não basta, há de se pulsar e sangrar junto com ele.

O real pode ser melhor do que o ideal

Acredito que mais importante do que saber o que se quer é saber o que não se quer. Principalmente no que diz respeito a relacionamentos. Se você consegue identificar logo de cara que alguém não é nada daquilo que você deseja para você, fica muito mais fácil ir embora. Saber o que quer, nesses casos, deve ser mais um direcionamento do que uma *checklist*. Porque, dificilmente, alguém vai caber exatamente nas medidas dos seus sonhos. Afinal, ninguém é perfeito. Tenha em mente que você não quer menos do que merece, não aceite migalhas, mas não precisa esperar que alguém te sirva logo de cara um banquete. Relacionamento é construção, então, queira primeiro uma refeição simples. Depois refeições sofisticadas. E, mais para frente, o banquete, preparado por ambos, com parceria e muito amor. Saiba o que não quer, mas deixe as possibilidades em aberto. O real pode surpreender e vencer o ideal. Melhor do que ter alguém que te dê o céu é ter quem pegue a sua mão e admire as estrelas com você.

Everest

Pés na bunda machucam, mas muitos nos empurram para a frente. Talvez eu esteja sendo otimista demais para você que está vivendo isso agora. Ver o lado bom das coisas ruins é tipo escalar o Everest, difícil, mas tem muitas pegadas lá no topo. Segundo a pessoa, ela precisa se encontrar e se amar. Ou o sentimento acabou. Ou se apaixonou por outra. Ou esbarrou com uma cigana na rua e foi orientada a terminar com você. NÃO IMPORTA A JUSTIFICATIVA. Muitas são plausíveis, outras nem tanto. Mas todas têm em comum uma coisa: a vontade do outro de não estar mais com você. Não importa se ainda há sentimento. Ele escolheu assim. Você não tem que entender, tem que aceitar. Eu sei que parece injusto. Era eterno. Eterno é uma coisa que não tem fim. Não podia acabar. Mas acabou. E dói. Tipo muito. Mas vida que segue. Obviamente, antes de seguir de verdade, você vai passar pelas fases do luto. Ninguém morreu, mas uma relação deixou de existir. E vai ser difícil. Prepare-se para chorar quando o aleatório da sua *playlist* não colaborar. Não vou falar para engolir o choro. Vou dizer para você dar aquele vexame embaixo do chuveiro, quando não consegue diferenciar o que é lágrima do que é água. Porque é assim que o sentimento vai saindo de dentro da gente. Em determinado momento, tentando entender por que o outro não te quis mais, você vai olhar para si mesmo, como há muito tempo não se via, e... Adivinha? Vai perceber o quanto é incrível. Procurando seus defeitos, vai achar suas qualidades. Vai se dar conta de que sua felicidade depende apenas de você e de mais ninguém. Às vezes, precisamos perder um amor para nos encontrar. Tem perda que é ganho – e tem gente que ainda acha impossível escalar o Everest.

Fada do esquecimento

Há um tempo certa pessoa me perguntou como fazia para esquecer alguém. Dei uma risada interna porque, naquele momento, era exatamente o que eu queria saber. Eu pensava na pessoa de quem eu gostava o tempo todo e achava que estava fadada a nunca esquecê-la. Mas, ao contrário do gostar, que é algo que não escolhemos, esquecer alguém é uma escolha sim. Não admitimos nem para nós mesmos, mas alimentamos o sentimento, lhe damos um tanto de esperanças que nem nós sabemos de onde vêm. Vigiamos a pessoa nas redes sociais. Colocamos a *playlist* "Coração Partido" do Spotify para tocar no *repeat*. Porque sim. Porque a gente quer sofrer. Não é um querer consciente, claro. É arrancar a casquinha da ferida sem perceber e depois não entender por que não cicatriza. Todo mundo sabe que gostar de alguém é algo bom, mas quando começa a doer demais, o amor-próprio precisa dar o grito e nos tirar dessa. Quando queremos de verdade, a gente se afasta, não corre atrás, esquece que o outro existe. Se dermos espaço para o sentimento, ele vai se esparramar mesmo, vai querer ocupar cada pedacinho que existe em nós. Fica impossível esquecer alguém assim. Mas quando limitamos o lugar dele, ele fica onde precisa ficar: no passado. Temos muito mais controle sobre essas coisas do que imaginamos. Mas a fada do esquecimento não vem nos visitar, precisamos fazer a nossa parte. O amor por alguém não pode ser mais forte do que o nosso amor por nós mesmos.

Vida de solteiro

"Tão bonita, inteligente e solteira? Que desperdício!" – Desperdício para quem, exatamente? Desperdício é quando uma pessoa gigante, que carrega o mundo no peito, se contenta em ficar num coração pequeno, apertado e sem ar por medo de ficar sozinha. Você fala que está solteira, as pessoas já te imaginam de pijama, chorando por um amor não correspondido ao som de *All by myself* (igual ao início do primeiro filme da Bridget Jones). Não, gente, não é assim. Mas esses dias existem? Não vou mentir não, existem sim. Vez ou outra um vazio existencial bate na nossa porta e, se não for para recebê-lo aos prantos, com uma panela de brigadeiro e sua série preferida pronta para dar o play, melhor nem deixá-lo entrar.

Há pessoas que não sabem ficar sozinhas. Normalmente, é gente que não consegue encarar as próprias dificuldades e tampouco se conhece a fundo. Melhor se jogar em cima de qualquer um para nunca precisar cair em si.

Eu sinto muito orgulho de mim por ter entendido a importância e o valor da minha própria companhia. Aprendi demais sobre mim mesma, fiz as pazes com meus medos, meus traumas, minhas dificuldades. Meus monstros não vivem mais embaixo da minha cama, eles ainda existem, mas não me assustam, pelo contrário, saem por aí de mãos dadas comigo. Não

tem nada mais bonito do que estar em paz com você mesmo, se conhecer e saber o seu valor.
Eu só troco essa paz por alguém que faça meu coração bater mais rápido e que, ao me ver, fique com a pupila dilatada. Reciprocidade. Isso de tentar ocupar um espaço onde não cabemos machuca. Quando nos amamos, nos protegemos, então sabemos exatamente a hora de ir embora. Só não gosta de ficar sozinho quem não gosta de si mesmo.
Aquele ditado "antes só do que mal acompanhado" é um lema de vida. Enquanto a pessoa certa não vem, podemos sair, nos divertir, ficar com outras. Ou só ficar em casa, sozinhos. A escolha é nossa. Ninguém tem nada com isso. Se tem uma coisa que solteiro não tem que fazer é dar explicações.

Chegadas e partidas

A gente bate no peito com orgulho e diz que é livre, como se essa condição fosse exclusividade nossa. Mas entender a própria liberdade é também reconhecer a liberdade do outro. Somos seres independentes que trilham o próprio caminho. Nas estradas da vida encontramos muitas pessoas. Cada uma que passa por nós tem sua importância e cumpre seu papel. Tem quem chega e nos tira o chão, tem quem vem para ser nosso alicerce. Tem quem fica a vida toda, tem quem fica só para o café. Tem quem nos ensina, tem quem aprende com a gente. Todos únicos. Insubstituíveis. Assim como nós somos para eles.

Mas é bom termos em mente que estamos em um eterno processo de transformação. As pessoas mudam. Então, é comum que percamos muitas pelo caminho. A sintonia pode acabar. A mudança do outro pode não bater com as nossas mudanças. As peças podem não se encaixar mais. E aí perde o sentido andarmos juntos quando cada um vai seguir uma rota diferente.

Precisamos entender que importância não tem nada a ver com permanência. Alguém que foi muito importante para nós vai continuar sendo importante mesmo que queira ir embora. Tem que saber separar o passado do presente. Ninguém é obrigado a permanecer na nossa vida. A escolha de partir é um direito que todos

temos (somos livres, lembra?). Temos que buscar o que achamos que é o melhor para nós.
É preciso lidar com o fato de que pessoas vêm e vão o tempo todo. E que isso não faz delas seres humanos horríveis, nem de nós pessoas insuportáveis que ninguém quer ter por perto. A vida é assim. As estradas são cheias de bifurcações, durante nossa trajetória muitos que estavam ao nosso lado vão escolher um caminho diferente do nosso. Precisamos aceitar e continuar nossa jornada sem eles. Quem tem que ficar, fica. Quem precisa ir, vai. Todo mundo é único, mas ninguém é eterno.

Você sabe

Você sabe. Você sempre sabe, mas finge não saber. A verdade anda de mãos dadas com a dúvida. Ela fica na nossa cara, a gente que a ignora. A razão vê, o coração desvia o olhar. O coração não quer enxergar. Mas a verdade está ali, de roupa neon. É impossível não notá-la.

Você gosta dele. Ele sabe disso. Ele só não está pronto. Não está pronto para deixar de ficar com outras pessoas. Não está pronto para perder a sua atenção. Não está pronto para bancar a própria verdade e ser sincero com você. É que não existe isso de não estar pronto, sabe? Quando a pessoa quer, ela simplesmente faz acontecer.

Mas ele gosta de você também, né? Já até te disse isso! Poxa, ainda bem que gosta! Até porque o mínimo de que uma pessoa precisa para ficar com outra é gostar da sua companhia. Só não gosta o suficiente para assumir um compromisso, afinal, se gostasse, sinto te dizer, vocês já estariam juntos.

Eu sei que você acha que com o tempo as coisas vão mudar. Sim. O tempo pode mudar as coisas, mas quando a pessoa está na mesma sintonia que você, ela dá sinais disso. Você procura, ela procura. Você chama, ela vai. Você fala, ela responde. Você não precisa mendigar atenção, você não precisa tentar se encaixar em um lugar onde você não cabe. Não se diminua.

Tem gente que arranca um pedaço de si para caber na vida do outro. Não faça isso.
Não se prenda a alguém que já deu milhões de sinais de que não quer ficar. Dê a você a liberdade da qual ele já desfruta.
Procure quem te procura. Queira quem te quer. Ame quem te ama. Reciprocidade é tudo.
Amor-próprio também.

Chefão

Somos seres gregários, por isso é quase impossível vivermos isolados. E conviver com outras pessoas é, sem sombra de dúvidas, a maior dificuldade que temos na vida. Porque, mesmo sendo da mesma espécie, somos muito diferentes. Só temos controle sobre o que é nosso. Nossos princípios, pensamentos, desejos. Não podemos definir a maneira como o outro nos enxerga. Por isso estamos sujeitos a várias situações desagradáveis como críticas, decepções e rejeições.
Se elas fossem parte de um jogo, eu diria que a crítica é a primeira fase. Porque não é tão difícil lidar com elas. Algumas críticas são construtivas e até nos ajudam. As mais descabidas, se estivermos com o amor-próprio em dia e conhecermos a nossa verdade, nem nos abalam.
Já a decepção estaria em um nível mais avançado. Porque criamos expectativas em relação ao outro. E elas podem desmoronar e nos ferir. Mas a culpa não é só dele. Temos nossa parcela de culpa também. Aí precisamos nos perdoar, perdoá-lo e seguir em frente.
A rejeição, por sua vez, na minha opinião, é a fase do chefão. A mais difícil. Porque a pessoa não te atinge diretamente. Não te critica, não te decepciona, ela simplesmente não quer ficar com você. E ELA TEM TODO O DIREITO DO MUNDO DE NÃO TE QUERER. Não tem o que fazer. Tem gente que se anula para conquistar alguém. Muda completamente quem é para ser aceito. Mas não é assim que as coisas

funcionam. Sentimento é algo que acontece de forma natural, não dá para forçar. Uma rejeição nos abala, fere o nosso ego, balança até a autoestima mais sólida do mundo. Mas precisamos entender que não é algo pessoal. Não há nada de errado com a gente.
Infelizmente, há pessoas que gostam de alimentar o ego com o amor-próprio dos outros. Aproveitam esse tipo de situação para se sentirem bem. Precisamos ficar atentos. Não mova o mundo por quem sequer moveria uma pluma por você.
Muitos sofrem por terem tido o coração partido, mas, ao analisarmos a história, foram eles mesmos que entregaram a faca para a pessoa cortá-lo. Não dê munição para o outro atirar em você. Aceite que nem todo mundo vai corresponder aos seus sentimentos. Alguém também já te desejou e você o recusou. Acontece. É difícil derrotar o chefão, eu sei. Mas é possível matá-lo e passar dessa fase.

Lembrança do sentimento

Uma vez uma pessoa me perguntou se eu achava que um amor só se cura com um novo amor. Eu disse que não. Acho que o único amor que cura outro é o próprio. Porque é ele que vai fazer você sair do lugar quando a dor de um coração partido te paralisar. É ele que vai te impulsionar a se mexer, a fazer o melhor por você, a se cuidar. Com ele você descobre seu valor, suas qualidades, e entende que não precisa de alguém específico para te completar. Afinal, apesar de estar aos pedaços, você sempre foi inteira. E você se costura, se remenda, fica novinha em folha de novo. Com o tempo, você vai perceber que aquele sentimento que transbordava começa a diminuir e a perder força dentro de você. Porque ele não acaba, muda. Você passa a ver a pessoa de que gostava com outros olhos. Seus batimentos cardíacos voltam ao normal quando alguém fala o nome dela. Mas não ache que irá esquecê-la completamente, isso não acontece.

A não ser que você sofra uma lesão na cabeça, é impossível apagar alguém da memória. Aí é que entra a importância do novo amor: é ele que irá atualizar a sua referência desse sentimento. Até que apareça alguém que faça você sentir a mesma coisa que sentia pelo outro, é nele que você vai pensar. E tudo bem. Mas no futuro isso vai mudar. Tenha paciência. A vida se renova o tempo todo. Sua referência de medo, de adrenalina, de alegria, de tristeza, de emoções, no geral, muda à medida que você vai vivendo novas experiências. Com o amor é a mesma coisa. É preciso permitir o novo. Atualizar o sentimento. Mas, enquanto ele não vem, não se sinta mal por se lembrar daquele que já se foi. Isso não quer dizer que você não o superou, só significa que ele fez parte da sua história e está guardado no seu coração. É a lembrança do sentimento que vive em você, mas o sentimento em si já foi embora. Ele não é a sua alma gêmea, é apenas a última referência de amor que está na sua memória.

Só se liberta quem quer

Pessoas que não sabem o que querem, que vão e voltam o tempo todo, confundem, iludem e magoam aqueles que se relacionam com elas. Mas esse tipo de gente só se envolve com quem também não sabe o que quer. Porque quem sabe o que quer e, mais ainda, quem sabe o que merece, não se permite ser dúvida de alguém. Ou é certeza ou não é coisa nenhuma. Muitas vezes, as chaves das correntes que nos prendem a algo ou a alguém estão nas nossas mãos. Só se liberta quem realmente quer.

Reticências

Muita gente me pede para escrever sobre relacionamentos que acabam, mas que podem dar certo no futuro. Eu sempre digo a mesma coisa: não acho legal falar sobre isso. Não que eu não acredite. Eu acredito de verdade que é possível reencontrar um grande amor e o casal ficar junto de novo. É só dar um Google que vamos encontrar várias histórias em que isso aconteceu. Mas eu acho errado falar sobre algo que vai alimentar nas pessoas um sentimento que já está difícil de superar. Porque jogar para o futuro um amor que não deu certo agora é fechar o coração para novos amores. A esperança de que alguém vai voltar não o deixa ir embora. Não quero incentivar ninguém a criar esse tipo de expectativa.

Quase todo mundo conhece uma pessoa que ganhou uma página especial na sua história. Com direito a *glitter*, adesivos e canetinhas neon, tamanha a sua importância. A que fez o seu coração bater o maior número de vezes por segundo na vida. A que te mostrou que a lenda de ouvir sininhos ao beijar alguém é real (você ouviu!). A que vive em um dos lugares mais bonitos e aconchegantes da sua memória. O primeiro amor.

Ou o quinto. Talvez o 101º. Não importa. Alguém que fez a diferença, mas que já foi embora.
A folha é linda, mas é página virada. Se haverá outro capítulo, só o tempo dirá. Talvez sim. Talvez não. Não tem como prever essas coisas.
Não crie expectativas. O amor tem que ser vivido no presente. Esperar que alguém reapareça é não dar oportunidade para o novo. Viva sua vida sem se prender a isso. Se tiver que acontecer, vai acontecer. Feche a porta desse antigo amor para que novos amores possam entrar. Mas não precisa trancá-la, se não quiser. Afinal, pontos finais podem virar reticências.

Pessoa certa na hora errada?

Por muito tempo eu acreditei naquela história de pessoa certa na hora errada. Até que eu me questionei sobre qual seria o momento ideal, já que tanta gente se desencontrava. Não consegui responder. Porque sempre há algo para melhorar. Antes de encontrar nossa metade, queremos um coração inteiro, uma vida mais tranquila, barriga negativa e saldo positivo no banco. Mas nem sempre isso é possível. Então, talvez, não exista isso de momento certo ou momento errado. Existe apenas o agora. E se só temos o hoje, toda pessoa que passa por nós acaba se tornando a certa. Não necessariamente certa para um relacionamento, mas para aquele instante que estamos vivendo. Cada um com seu propósito. Seja para ensinar, seja para aprender algo com a gente. Talvez o envolvimento dure uma hora, uma semana ou 75 dias. O fim não significa que o que vivemos foi errado, nem que o outro não era certo para nós. Aconteceu tudo da forma como deveria acontecer e no tempo em que deveria acontecer.

Para viver um relacionamento, não é preciso o combo pessoa certa + momento certo. O importante é que ambos tenham os mesmos objetivos e estejam dispostos a ficar juntos. Momento certo pode não existir, mas disposição e reciprocidade existem. E são essas as coisas que deveríamos buscar.

Agora!

Gosto muito de jogos, eles são uma ótima forma de distração e diversão. Mas o tal jogo da sedução não é para mim. Não sei jogar. Já nem tento mais. Se estou interessada, não sei fingir que não estou. Quando quero, é fácil saber. Se for recíproco, ótimo. Se não, tudo bem também. Não tenho mais vontade (e nem ânimo) de correr atrás de alguém que não demonstra interesse por mim. Meu ego deixou de ser uma criança mimada que não sabe ouvir não. Não vou insistir. Não vou mendigar atenção. Não vou tentar fazer com que a pessoa goste de mim. Já passei da fase de precisar da aprovação do outro para me sentir suficiente. Sei o meu valor. Aprendi que ninguém é obrigado a corresponder ao meu interesse.

Se ficou muito complicado, eu não quero mais. Se a pessoa não tem data disponível para me encontrar ou hora para responder minhas mensagens, se vive sumindo e aparecendo quando quer, como se eu estivesse à disposição: tchau! Sem tempo, irmão.

Não sei de onde tiraram que precisamos fingir que não estamos nem aí, quando, na verdade, estamos muito interessados. Ignorar mensagens, demorar horas para responder, cancelar encontros. Já ouvi todo tipo de "dica" para conquistar alguém. Não é legal agir assim nem quando não queremos ficar com a pessoa, quando

queremos, então, no meu ponto de vista, não faz o menor sentido fazer isso.
De difícil já basta a vida. Quero relações fáceis, leves, tranquilas. Nada de jogos, obstáculos, batalhas. Apenas reciprocidade e disposição no caminho.
Que seja só para jogarmos conversa fora em um barzinho numa quarta-feira à noite ou para ficarmos juntos o resto das nossas vidas, se eu disser:
– Vamos?
A resposta que eu quero ouvir é:
– Agora!

Perfeitos desconhecidos

Após algumas decepções na bagagem, uma amiga e eu estávamos conversando sobre como a gente se engana em relação às pessoas. "Nada mais interessante do que alguém que não conhecemos bem", ela me disse. Vivemos um conto de fadas às avessas: o príncipe encantado vira sapo e não o contrário. Idealizamos pessoas não porque elas sejam perfeitas, mas porque nós não as conhecemos o suficiente. Por isso fica tão difícil superá-las: enxergamos o que queremos ver e não quem elas realmente são. Aquela decepção, então, acaba nem sendo tão culpa do outro assim. Precisamos parar de idealizar alguém antes de conhecê-lo de verdade. Criamos pessoas que não existem e depois as culpamos por não serem quem a gente queria que elas fossem. Isso nem faz sentido, mas é o que fazemos. A maioria das paixões não passa de projeções irreais que fazemos do outro. Ele é perfeito. Não erra. Nunca vai te magoar. É um anjo na Terra. Mas, olha que coisa, ele também é humano e, uma hora ou outra, pode pisar na bola sim. Talvez essa seja a diferença entre paixão e amor. No amor as pessoas reconhecem os defeitos umas das outras, mas escolhem ficar juntas mesmo assim. Essa idealização toda é coisa da paixão. Que prefere ver o outro com o véu da ilusão a enxergá-lo do jeito que ele é. Uma pessoa perfeita é, antes de tudo, alguém que não conhecemos.

Saber a hora de acabar

Uma vez me perguntaram por que, depois que o amor acaba, só restam ressentimentos. Discordei da pergunta. Nem sempre isso acontece. Não é uma regra. Acredito que muitos casais terminam de forma amigável, com um total de zero mágoas no currículo. Acho que o que acontece com frequência, e que acaba tendo como consequência fins tão devastadores, é que os casais não têm sabido a hora de colocar um ponto final na relação. As pessoas demoram a admitir que o relacionamento já não está mais funcionando. E ele se desgasta, fica morno. Depois esfria. Mais para a frente, congela. Insistem, nem sempre por amor, mas por comodismo. A respiração do outro, que outrora se perdia entre beijos calorosos, agora irrita.

É preciso saber o momento certo de acabar. Enquanto ainda há respeito, carinho e admiração. Não se pode prolongar algo só porque foi bom um dia. Não dá para viver de passado. É mais ou menos o que acontece com aquelas séries que a gente ama, que são ótimas no começo, e aí, nas temporadas seguintes, o roteiro fica horrível, já nem parece mais a mesma. Assim como os casais, os produtores também não sabem a hora de parar.

Espero que, por respeito à história (seja da série, seja do casal), as pessoas aprendam a terminar as coisas na hora certa. Assim, fica mais fácil preservar na memória só aquilo que elas têm de bom.

Amores eternos têm fim

Eu cresci tendo como referência de amor aqueles mostrados nos contos de fada. Alma gêmea. Felizes para sempre. Mas, agora que sou adulta, minha visão sobre isso tem mudado completamente. Tenho visto casais se separarem com frequência, pessoas que estavam juntas há um, cinco, dez, vinte anos. Mas o amor verdadeiro não era para ser eterno? Eu achava que sim, mas aprendi que não.

A cada dia que passa, entendo mais o lugar do amor romântico na nossa vida. Ele é importante, mas não é vital. Ele vai nos ajudar a crescer, vai nos ensinar, vai aprender com a gente, vai nos incentivar, vai nos proteger, vai ter os mesmos planos e objetivos e vai nos fazer felizes. Às vezes, por um longo período, um relacionamento vai se encaixar em tudo isso, mas depois não. Então é mais do que natural que ele tenha um fim. É preciso desmistificar essa ideia de o amor só é real se durar para sempre. Cada relação tem um tempo certo para existir e uma importância na nossa vida.

Dizem que as pessoas da nossa geração não têm sabido amar, que desistem muito fácil dos relacionamentos. Que não persistem para fazer dar certo. Concordo em partes. Talvez falte mesmo um pouco de persistência. Numa vida a dois é preciso abrir mão de algumas coisas e fazer renúncias. Muita gente não consegue fazer isso. Mas abrir mão de sermos nós mesmos e desistir de sonhos por alguém não é certo. A conta sempre chega. Lá na frente, mesmo que o outro nunca tenha te pedido nada, você vai culpá-lo e se sentir culpado por ter se deixado de lado. Ninguém quer passar por isso. Acho que tantas separações estão acontecendo porque estamos aprendendo a importância do amor-próprio e do autoconhecimento. Isso nos ajuda a entender o que de fato queremos e merecemos. Hoje em dia, sabemos que não precisamos de uma pessoa específica para sermos felizes. Insistir no que machuca não é mais uma alternativa. Então vamos preferir seguir sozinhos, mas sempre em busca da nossa felicidade. Agora já temos uma certeza, só há um amor que vai durar para sempre: o próprio.

Amizade com ex?

No mundo ideal, toda pessoa que cruza nosso caminho, entrelaça os dedos com os nossos e toca nossa alma de alguma forma, seja só por um dia, seja por 50 anos, deveria fazer parte do nosso círculo de amigos. Porque amigos são pessoas com quem a gente se importa, logo, pessoas que foram importantes para nós deveriam ser nossas amigas. Mas não é assim que funciona.

Amizade é um sentimento que deve ser mútuo, nem todo mundo está pronto para deixar de ser amor e ser apenas amigo. Quando a decisão de terminar vem das duas partes, quando não há mágoas, machucados... É quase natural que grandes amores se tornem grandes amigos. Mas quando um deles ainda tem sentimento, quando tem alguém ferido... Não dá. É muito difícil. Manter o outro na sua vida enquanto a ferida está aberta é não deixar que ela cicatrize. Talvez lá na frente, quando cicatrizar, seja possível. Mas, antes, é preciso respeitar a dor de quem está machucado.

Não exija amizade de alguém que só consegue te dar amor. Se não pode aceitar o que ele tem para oferecer, apenas vá embora. Suma.

Eu sei que, às vezes, há um vínculo que impede que o outro desapareça: um filho, um animal de estimação em comum, o mesmo ambiente de trabalho. Nesses casos, o ideal seria que houvesse companheirismo, mas nem sempre tem jeito. Não precisa forçar amizade, sejam conhecidos que se toleram. Não conseguir ser amigo de quem foi importante não faz de ninguém uma pessoa ruim. Mas toda convivência exige respeito. Acredito que tudo tem seu tempo. Talvez você seja madrinha de casamento do seu ex no futuro, talvez nunca mais o veja. Talvez sua ex te chame para ser padrinho do filho dela, talvez ela passe por você um dia e nem te reconheça. Não tem como saber essas coisas. A verdade é que a importância, a gratidão e o respeito que sentimos por alguém ficam eternizados na gente. Conviver com uma pessoa que marcou nossa vida e ser seu amigo não é algo obrigatório. Convivência não mede importância. É o coração que sabe. Às vezes o melhor lugar para ela ficar é na memória. Aqueles que vestiram o passado tão bem nem sempre vão caber no presente.

Presente ruim não invalida passado bom

Eu não concordo quando as pessoas dizem que só conhecem alguém verdadeiramente quando a relação acaba, seja ela de amor ou de amizade. Assim como nós, o outro também está nessa busca constante por si mesmo. Mudamos o tempo todo. A parte bonita de relacionamentos longos é poder acompanhar a evolução, as mudanças, e ver as conquistas do outro. Se alguém está diferente agora, não significa que no passado tenha sido falso com você. Um momento ruim não invalida todos os outros que foram bons. Tenho amizades de longa data em que é nítida a mudança em cada um de nós, mas o amor que nos une permanece o mesmo – amar alguém é abraçar essas mudanças também. Talvez você não concorde e não goste de quem a pessoa está se tornando. Então, afaste-se dela e siga sua vida. Só não tire do outro o direito de se transformar em quem ele quer só porque você o preferia como era antes. Ninguém depende da sua aprovação para se transformar em quem deseja ser.

Desapego

Eu sempre fui muito apegada a tudo aquilo/aqueles que me fazem bem. Porque quando eu amo, eu amo muito. O amor não cabe no meu peito. Transborda, inunda, eu quase me afogo. Estendo a mão, o braço, a perna, meu corpo inteiro, se preciso for, para ajudar aqueles que vivem no meu coração. Eles podem contar comigo para tudo: de ir ao mercado para comprar batatas a ocultar um cadáver numa segunda-feira chuvosa. Tamo junto! Mas, ultimamente, o apego tem diminuído. Não que o sentimento tenha acabado. Muito pelo contrário. Mas é que, antes, guardava todo mundo dentro de uma caixa com corrente e cadeado. Tinha medo de perder. Agora não. Agora a porta está aberta. Fica quem quiser. Já não dói tanto ver alguém partir. Antigamente, achava que desapego era falta de amor. Hoje em dia, entendi que é respeito às decisões do outro. É evitar sofrer por algo sobre o qual não temos controle.

Entender que nem sempre quem está trilhando as mesmas estradas comigo irá continuar ao meu lado foi libertador. Eu também me sinto mais à vontade para ir embora quando não quero ficar, sem culpa ou peso na consciência. As pessoas têm trajetórias diferentes. Os caminhos podem se desencontrar. E tudo bem. Isso vale para todos os tipos de relação. Passado é memória e se transforma em consideração, não é (e nunca foi) garantia de eternidade. Ficam o carinho e o respeito, mas só fica por aqui quem quiser ficar.

Dar espaço para o novo

É uma contradição que machuca. Nem a gente entende direito. Eu estaria mentindo se dissesse que nunca aconteceu comigo. Porque já aconteceu – não é só com você. A gente sente que precisa deixar o sentimento ir embora porque dá nó na garganta, aperta o peito, fere a alma. Mas, ao mesmo tempo, não queremos nos despedir dele. Nós já estamos acostumados à sua presença, afinal, providenciamos um lar no nosso coração para ele, o alimentamos e o levamos para passear. Não tem como não criar uma ligação emocional. Como que abandona o coitado assim? Despedir-se do passado é dar adeus a um pedaço de nós que queremos manter conosco. Quando se tem apego é difícil deixar para lá até o que nos machuca.

Muitos de nós deixam a ferida, que já estava aberta, ficar mais profunda por medo de serem machucados de novo por outra pessoa. Mas quanto mais profundo o corte, mais difícil é tratá-lo. Ferida infeccionada, às vezes, leva uma vida inteira para curar.

É preciso querer esquecer. Deixar ir. Dar espaço para o novo. Não é saudável romantizar a dor. Sei que você tem medo de não sentir isso nunca mais na vida. Porque é ruim, mas é bom. Só que esse sentimento te engana. Suas memórias se misturam, você se lembra da parte boa, ignora a ruim. Vai por mim: a lembrança é melhor do que foi a realidade. Guarda o que foi bom na memória, mas deixa o sentimento ir embora. Tudo bem ficar triste. Querer chorar. Vai ficar um vazio aí no seu peito, mas não se preocupe. Esse buraco vai permitir que você se aproxime de si mesmo. Vai ter um espaço enorme dentro de você para ser explorado. Não vou negar que assusta. Conhecer a gente mesmo dá mais medo do que conhecer novas pessoas, novos sentimentos, novos lugares. Mas vale a pena. Lembre-se: você é a única pessoa no mundo que nunca irá te abandonar.

O amor é uma escolha

Tenho uma amiga que confessou que, no começo do último namoro, fez o ex fazer a limpa no Instagram. Ela pediu para ele deletar todas as mulheres que ela achava bonitas. E ele acabou cedendo. Deletou. Não é surpresa alguma que o relacionamento não tenha dado certo. Onde estava a confiança aí? Não sei.

Acho uma falta de respeito com a pessoa e com o seu passado exigir que ela delete amigos nas redes sociais. Eles estavam ali antes de você chegar. Não tem nada demais. Se seu namorado teve alguma coisa com alguém, não importa, ele está com você agora! A não ser que você o tenha ameaçado com uma arma na cabeça, se relacionar com você foi uma escolha dele. Deletar quem aparenta ser atraente não garante que ele só vá ficar atraído por você pelo resto da vida.

Acho uma ilusão achar que, quando nos apaixonamos por alguém ou amamos alguém, todas as outras pessoas do mundo se tornam desinteressantes. Isso não é verdade. Você pode ficar, namorar, noivar ou casar com quem quer que seja. Essa pessoa não vai deixar de ver beleza nos outros. A vizinha dele vai continuar sendo maravilhosa. O colega de trabalho dela ainda será um deus grego.

Após iniciar um relacionamento, não há nenhum tipo de bloqueio no nosso cérebro que nos faça deixar de ter atração por outras pessoas. Mas é exatamente aí que mora o sentimento: apesar de tanta gente interessante à

nossa volta, escolhemos aquele que faz o nosso coração bater mais forte. É essa escolha que nutre as relações. Amar é escolher a mesma pessoa todos os dias.
O amor é livre, não é uma prisão. Com ele, a gaiola fica aberta e, mesmo com a imensidão do mundo pronta para ser explorada, o passarinho escolhe ficar em um só lugar: ao lado de quem ama.

A imensidão é um lugar de gente corajosa

Acho lindo ver o empoderamento feminino ajudando cada vez mais mulheres a se conhecerem, a se aceitarem e a se amarem. Mas acho triste perceber que a maioria dos homens não as está apoiando e nem acompanhando nessa jornada. Na teoria, admiram e querem mulheres bem resolvidas e donas de si, mas na prática não sabem lidar com elas. Por isso, muitas delas, depois de terem se tornado gigantes, se encolhem para conseguirem se relacionar.

Não faça isso. Queira alguém que te incentive a crescer cada vez mais e a conquistar os seus sonhos. Alguém que acredite no seu potencial. Queira quem elogie não apenas a sua aparência, mas sua inteligência e beleza interior. Quem, antes de tudo, seja seu amigo e companheiro de aventura, de drama, de cama. Queira quem te faça rir e não chorar. Queira alguém que se preocupe mais com o tamanho do seu sorriso do que com o tamanho da sua roupa. Queira ficar com quem está disposto a aprender com você e a te ensinar muitas coisas. Alguém que saiba discordar sem brigar e que goste do fato de você ter tantas opiniões, ao invés de querer te ver sempre calada. Queira alguém que consiga lidar com sua independência e não ache que é o seu dono. Queira quem queira voar com você e não quem quer cortar as suas asas. Queira estar com alguém que te respeita, que te valoriza, que te dá a mão, que te abraça, que te beija, que te agarra, que te olha nos olhos, que te ouve, que conversa com você sobre tudo, que te aceita do jeito que você é e que se sente privilegiado por te ter ao lado. Queira quem, além de te amar, te admire.

Se o cara reconhece a pessoa incrível que você é, mas prefere ir embora, deixe-o ir. Não se sinta mal ou menor por causa disso. Nesta história quem está perdendo é ele – ele perde uma mulher maravilhosa e você se livra de um homem medíocre. Muitos se afastam porque dizem que querem ser livres, mas, no fundo, lhes falta coragem para se relacionarem, afinal, liberdade não tem nada a ver com estado civil. Se ele disser que você merece alguém melhor, acredite nele. Você realmente merece alguém melhor. Você merece quem veja o seu tamanho e não se sinta ameaçado, quem se ache suficiente, quem tenha orgulho de estar com você, e não medo. Prefira ser uma mulher infinita, mesmo que sozinha, a se reduzir para estar acompanhada. Queira um amor valente. Nada de covardes, a imensidão é um lugar de gente corajosa.

Capítulo 4

O QUE ELA QUER DA GENTE É CORAGEM

Sobre a vida. Pensamentos, conselhos e lições.

A vida acontece

Tudo é um processo. A gente fica querendo pular etapas, mas não tem jeito. Não tem remédio. Tem dor que não passa de um dia para o outro. Ela tem que ser sentida. Transbordar de nós até se esgotar. Não tem como esquecer, perdoar, superar alguém de uma hora para outra. A gente esquece lembrando. Perdoamos ainda magoados. Superamos com o coração cheio de amor. Os sentimentos vão ficando mais leves com o passar do tempo até deixarem de existir. Acho que não existe uma explicação de como tudo isso funciona. A vida simplesmente acontece.

Dor e cura

Antes, sempre que algo ruim acontecia, eu questionava as razões de estar vivendo aquilo. Por que eu? Era difícil entender e aceitar tudo. Eu não merecia. Era quase impossível não me colocar no papel de vítima, afinal, eu não machucava ninguém e era sempre machucada. Quando dói em nós é difícil não culpar o outro, o mundo, a vida.

Hoje, quando os momentos difíceis acontecem, a pergunta é outra. Ao invés de: "por que isso está acontecendo comigo?", eu pergunto: "o que eu preciso aprender com isso?". E me esforço para entender. Nem sempre aprendo algo na hora. Às vezes demora. Mas, lá na frente, faz sentido. E eu entendo. E agradeço. Nada acontece por acaso. Dentro de cada dor há uma cura.

E se?

Eu tinha uma coleção de arrependimentos tão grande que poderia entrar para o livro dos recordes. Dizia que, se pudesse, faria muita coisa diferente. Ficava pensando que não deveria ter feito algo ou que deveria ter feito sim. A expressão "e se" vivia me atormentando. Até me dar conta de que nenhuma suposição do que poderia ter feito de diferente mudaria o que já tinha passado. Esse é um gasto de energia desnecessário, que nos faz mal. Precisamos entender que as coisas acontecem do jeito que têm que acontecer. As decepções, rejeições, fracassos, erros... Tudo de ruim que acontece com a gente tem um propósito, uma lição. "Há males que vêm para o bem" – ditados populares são a sabedoria popular, aprenda com eles. A questão toda é mudar a chavinha dentro da gente e, ao invés da lamentação, passar a praticar a gratidão. Conseguir olhar para trás e se perdoar por ter feito algo que, se acontecesse hoje de novo, você não faria. Ter a consciência de que a pessoa que você era no passado (de dez anos, cinco anos, um ano, um dia atrás) não tinha a maturidade e o entendimento que você tem hoje. Não precisa culpá-la por não ter conseguido seja lá o que for. O erro, a dor, a tristeza, o medo... São nossos melhores mestres. Eu nunca imaginei que diria isso (e até duvidava de quem dizia): não me arrependo de nada. Hoje vejo que tudo que fiz ou deixei de fazer me trouxe até aqui e me tornou quem sou. Sou grata e tenho muito orgulho da mulher que estou me tornando.

Vingança

Pagar na mesma moeda, usar a mesma arma para ferir quem te machucou primeiro. Sempre que me vejo indo por esse caminho, o arrependimento bate. E eu recuo. Dou meia volta. Volto para onde estava. Querer sair por cima pode nos deixar para baixo. Não vou me igualar a quem me feriu. Se a gente sabe que machuca, não há necessidade de fazer o mesmo. Quando alguém faz algo que nos magoa, ele nos ensina como não agir com as outras pessoas. Vem a dor, mas vêm as lições também. Hoje eu sei que não cabe a mim ensinar nada a ninguém. É a vida que ensina.

Perdão é libertação

Perdoe, mesmo que o outro não te peça desculpas. Perdoe, mesmo que ainda esteja doendo. Perdoe, porque a mágoa ocupa um espaço muito grande no nosso coração (um espaço que poderia estar repleto de sentimentos bons!). É importante termos em mente que viver é uma sequência de erros. Erramos mais vezes do que acertamos – é esse o normal da vida! Por isso estamos todos sujeitos a magoar alguém. Nem sempre é de propósito. Muitas vezes erramos querendo acertar. Machucar alguém não é exclusividade das pessoas ruins. Você só sente a sua dor, mas talvez nunca tenha parado para pensar na dor que, mesmo sem querer, já causou a alguém. Por isso perdoar é tão importante. Um dia perdoamos, no outro, perdoam a gente. Perdoar não é sinônimo de fraqueza. Só perdoa quem sabe que o perdão nos fortalece e nos deixa mais leves. Afinal, quem perdoa se liberta.

Ressignificar

Aprendi a ressignificar momentos e pessoas. Aquela fase marcada como a pior da minha vida, agora, na minha memória, não é uma lembrança ruim, é a época em que descobri o quanto eu era forte. Aquela pessoa que fez algo que me magoou muito deixou de ser uma decepção e passou a ser um exemplo de como não agir com os outros. Aquele que eu tinha definido como o responsável por partir meu coração hoje é visto por mim como quem me fez aprender a ter amor-próprio. Nada acontece por acaso. Ninguém cruza nosso caminho em vão. Todos que passam pela nossa vida nos ensinam alguma coisa e aprendem algo com a gente também. É uma troca. Alguns ensinam através do amor, outros da dor. Se a gente abrir nosso coração para o aprendizado, os ressentimentos vão embora. Dão lugar à gratidão. Saber ressignificar memórias é conseguir se libertar de um passado ruim e viver um presente mais leve e feliz. É seguir em frente. É ter a certeza de que tudo o que te aconteceu e de que todos os que passaram por você contribuíram para o seu crescimento e para a sua evolução. Foque nos ensinamentos e esqueça a dor. Atraímos aqueles que nos ensinarão o que precisamos aprender. As próximas pessoas que cruzarem seu caminho serão sua futura lição. Aprenda com elas e continue evoluindo.

Amor-próprio

Amor-próprio é tipo beijo de mãe na infância: tem poder de cura. É por isso que gosto tanto de falar sobre ele. Quero incentivar as pessoas a se amarem. E, claro, aprender a me amar também. Sim. Aprender. Porque se amar é um aprendizado.

Ninguém acorda um dia, de repente, se amando. Vira e mexe esse amor por mim, que demorou anos para chegar, some. E aquela vozinha má, que vive dentro de nós, grita: "Sua fraude! Fala tanto de amor-próprio, mas cadê o seu?". Olho ao meu redor. Não o vejo. Fico desesperada. E triste. Dá vontade de chorar. "Fraude, fraude, fraude" – agora quem pensa isso sou eu. Mas depois fico melhor, porque me lembro de que o amor-próprio tem mesmo essa necessidade de sair e dar umas voltas. Mas ele sempre volta. Se a gente o tratar bem, ele não nos abandona.

Eu aprendi que ter amor-próprio não é se sentir incrível o tempo todo. Não é ser confiante 100% das horas. Muito menos se achar melhor do que os outros (isso é outra coisa!).

Amar a si mesmo é como amar qualquer outra pessoa. Tem conflito, raiva, decepção... Nem tudo são flores. Mas você respeita, valoriza e sabe a importância do outro na sua vida.

Com o amor-próprio é igualzinho. O sentimento oscila. Tem hora que o amor transborda. Mas tem hora que dá vontade de sair de dentro da gente, tirar uns dias de folga e depois voltar. Só que não tem jeito. Precisamos ser nossos melhores amigos (e melhores amigos também se desentendem). Mas, apesar dos dias ruins, quando nos amamos, conhecemos o nosso valor, nos respeitamos, não deixamos ninguém nos fazer mal. Afinal, um dos princípios mais importantes do amor é proteger quem se ama.

Autorresponsabilidade

Uma das coisas mais difíceis que aprendi a ter foi a tal da autorresponsabilidade. Entender que muitas das minhas feridas foram causadas por mim mesma ou que fui eu que entreguei o punhal para me machucarem causa um desconforto difícil de explicar aqui dentro. Admito que, sim, errei. Sim, fui displicente comigo. Sim, permiti que me enganassem, que me julgassem, que mentissem para mim, que me usassem. Não ouvi minha intuição. Não me movi. Não fui embora. Não levantei a voz. Não dei o grito. Culpada, meritíssimo. Admito meus erros, meus tropeços, minhas decisões erradas. Mas não carrego isso como um fardo. Responsabilizar-se não é virar um carrasco de si mesmo, mas alguém que quer aprender com os erros. Entender nossa parcela de culpa em determinadas situações nos ajuda a não repeti-las. A gente pode mudar e fazer diferente na próxima vez que acontecer. Culpar os outros pelas nossas tristezas e frustrações não nos permite fazer esse tipo de movimento. Por isso caímos no mesmo buraco tantas vezes. Admitir minha culpa não diminui a culpa daqueles que me feriram. Mas aprendi que esse problema não é meu. Cada um com sua consciência, com seu carma. O mundo dá voltas. Não vou ficar apontando dedos e maldizendo o outro por causa dos machucados que deixou na minha pele, prefiro usar meu tempo buscando minha cura e cuidando de mim. Não há nada mais lindo e transformador do que deixar de ser vítima e se tornar seu próprio herói.

Sobre as dores e delícias de se conhecer

Autoconhecimento é lindo. Autoconhecimento é maravilhoso. Autoconhecimento é sensacional. Se fosse uma pessoa, eu iria querer dormir de conchinha com ele. Porque ele nos faz enxergar o que temos de bom. Ele nos faz reconhecer o nosso valor. Faz com que a opinião do outro sobre a gente seja completamente irrelevante. É reconfortante saber quem somos. Carregar a própria verdade no peito e não se importar com o que dizem é libertador.

Mas trilhar esse caminho do autoconhecimento não é fácil. Porque, quando ele mostra nossas qualidades, é incrível, mas, quando nos deparamos com o que temos de ruim, é difícil engolir. Lidar com o fato de que não somos pessoas tão maravilhosas assim não é agradável. Enxergar erros e medos, admitir que algumas atitudes nossas não condizem com quem somos, reconhecer traumas e entender a fundo a sua razão é um processo muito doloroso.

Tenho reconhecido características em mim que condeno em muita gente. Não quero ser como as pessoas que não desejo ter por perto. Por isso tento enxergar a minha parte ruim por completo para conseguir me transformar.

Quando me vejo com raiva de alguém ou julgando-o demais, eu me pergunto: "por que essa pessoa mexeu tanto comigo?", "o que ela fez ou disse para disparar esse gatilho emocional?". A partir daí começo a mergulhar em mim. Às vezes eu nado, nado, nado e morro na praia. Não entendo nada. Mas, às vezes, consigo entender, encontro feridas abertas que eu tinha me esquecido e, assim, faço o possível para tentar curá-las. Não é fácil. Na maioria das vezes a gente precisa de ajuda profissional, de ter um guia para que essa caminhada não seja tão árdua.

Para mim não há verdade maior do que aquela que diz que o outro é o nosso espelho. Muitas das coisas que julgamos estarem erradas nas pessoas, na verdade, precisam ser trabalhadas em nós.

É preciso tomar cuidado para não nos tornarmos aqueles que tanto nos causam repulsa. Para não pagarmos na mesma moeda. Tentarmos ser melhores e maiores do que eles.

Admito que tem sido difícil. Tem dias em que essa caminhada parece uma maratona e me deixa exausta. Mas eu entendo que preciso seguir. Porque quero me encontrar e me aceitar por completo. Para se amar é imprescindível que a gente se conheça. E se conhecer é saber da existência da nossa luz e da nossa sombra. Só podemos mudar aquilo que sabemos que existe. Nunca seremos perfeitos, mas sempre podemos ser melhores.

Máscaras de oxigênio

As orientações para colocar a máscara de oxigênio no avião são: primeiro coloque em você, depois, se necessário, ajude outro passageiro.
Essa é uma regra simples que deveria ser seguida por nós em qualquer lugar. Na sua lista de prioridades, se coloque no topo. Porque não dá para ajudar ninguém a se reconstruir quando estamos aos pedaços.
Eu sempre tive dificuldade de entender isso. Tinha receio de parecer egoísta. Não sabia dizer não, não conseguia colocar limites para as pessoas. Mas depois descobri que há um abismo entre cuidar de si e agir com egoísmo.
É egoísta quem pode dizer sim, mas diz não. Quem já está com a máscara de oxigênio, mas prefere não se mover para ajudar quem precisa.
É autocuidado quando dizer não para alguém é dizer sim para você. Quando você não coloca a máscara de oxigênio em outra pessoa porque ainda não colocou a sua (você também precisa respirar!).
Aos poucos estou conseguindo aprender isso. Com o autoconhecimento eu tenho entendido meus limites e, assim, consigo demarcar até onde o outro pode ir. Dizer não sem peso na consciência. Não colocar nada, nem ninguém, acima de mim. Isso é libertador.
Em um mundo onde está cada dia mais difícil respirar, é importante mantermos nossa máscara de oxigênio

por perto e, claro, quando for preciso, colocá-la primeiro em nós.

Momento certo

Guardou a louça chinesa que herdou da avó na parte de cima do armário. "Só vou usar em datas especiais", ela disse.

Nunca nem as tirou da caixa.

Perdeu a vida numa terça-feira chuvosa, em um acidente. Uma pessoa bebeu demais e achou que não tinha problema dirigir o carro. Mas teve.

Além da louça, deixou para o momento certo alguns abraços, uma declaração de amor, cinco pedidos de desculpas e o vestido que comprou para quando perdesse três quilos.

O momento certo nunca chegou.

Porque o momento certo é agora.

O que ela quer da gente é coragem

Eu nunca me senti uma pessoa muito corajosa. Na verdade, sempre fui uma menina bem medrosa. Tinha medo de tudo (até do amor). A palavra medo estava tatuada na minha alma. Meus medos cresciam junto comigo. Quanto maior eu ficava, menores eram minha confiança e meu amor-próprio. Até que chegou o momento em que eu fui engolida pelos meus medos. Achei que não conseguiria escapar, mas consegui. Estava aos pedaços, mas iniciei meu processo de reconstrução.

Nunca imaginei que, ao me reerguer, eu conseguiria puxar para cima tanta gente comigo. É uma luta diária. É difícil mesmo. Tem dias em que saímos vencedores, em outros perdemos. Mas me sinto fortalecida toda vez que alguém vê em mim uma referência de apoio. Vivo um processo de descoberta de mim mesma e de enfrentamento daquilo que me machuca. É fato que já me livrei de vários medos, mas ganhei outros. A cada momento da vida, uma dificuldade diferente. Mas quando a gente ganha consciência do tamanho da nossa força, quando passamos a nos amar e a confiar em nós mesmos, nossa coragem e nosso amor-próprio se tornam uma equipe forte. As lutas contra nossos

medos, inseguranças e problemas, que outrora eram desleais, agora são equilibradas.
"A vida é assim: esquenta e esfria, aperta e daí afrouxa, sossega e depois desinquieta". Acho que Guimarães Rosa estava certo: “o que ela quer da gente é coragem”.

Calçar os sapatos de outra pessoa

Em inglês, há uma expressão curiosa para "colocar-se no lugar do outro": *put yourself in other people's shoes. Shoes* é sapato. Traduzindo de forma literal, seria algo como: colocar-se no sapato de outra pessoa. Soa estranho, mas faz muito sentido. Você já pediu emprestado o calçado de alguém e, quando usou, machucou o seu pé? Nosso sapato pode ser lindo, mas só a gente sabe como é andar nele. Só a gente sabe onde aperta o calo, como ele machuca e quantas bolhas e feridas já nos causou. Quando outra pessoa o calça, pode ficar surpresa com as dores que tem ao usá-lo. Não vai ter curativo, escalda-pés ou massagem que a faça enxergar aquele sapato com os mesmos olhos de antes.

Todos nós temos muito o que dizer sobre a vida alheia, mas ninguém está disposto a calçar os sapatos do outro. É muito fácil apontar dedos, dizer que tal coisa é exagero, que aquela pessoa não deveria ter feito isso, que era melhor fazer aquilo, que tudo o que ela diz é "mimimi", quando não são os seus pés que estão sangrando. Antes de falar qualquer coisa sobre alguém, precisamos calçar o seu sapato. Ao ver que ele aperta, que fere, que deixa marcas, provavelmente a nossa opinião vai mudar.

Enquanto faltar empatia, vai faltar humanidade. Que a gente tenha capacidade de calçar os sapatos do outro antes de julgar sua caminhada. Só assim para entendermos verdadeiramente alguém: quando o que dói nele doer em nós também.

O amor é maior

O mundo está ao contrário e acho que todos já repararam. Valores se invertendo, violência, ódio, falta de respeito com o outro e com a natureza, preconceito, intolerância. Paramos de evoluir e começamos a dar passos para trás. Essa recuada tem me causado muita dor. Mas, em compensação, tem me ensinado grandes lições. Estou aprendendo a selecionar quem eu quero do meu lado, tenho valorizado mais tudo ao meu redor. As pequenas coisas da vida têm se tornado gigantes para mim. Gestos de gentileza, que sempre fizeram meu olho brilhar, agora me emocionam a ponto de me fazerem chorar. A beleza da natureza, que me encanta desde que me entendo por gente, agora me paralisa. Não consigo ser indiferente a nada. Paro no meio da rua para olhar com mais atenção a árvore, a flor, a borboleta, o pôr do sol, a lua. Os momentos com quem eu amo, que já me faziam bem, agora me renovam e me enchem de luz. O amor, que sempre circulou nas minhas veias, agora pulsa no meu coração e faz morada na minha alma.

Acho que o mal vem para que o bem se fortaleça. Eu acredito em dias melhores porque sei que, em meio a tanta gente ruim, muitos de nós estamos nos tornando pessoas melhores. O ódio pode ser grande, mas o amor é (e sempre será) maior.

A coragem de ser vulnerável

Outro dia assisti a uma palestra da americana Brené Brown na Netflix sobre coragem, mas o assunto mais enfatizado foi a vulnerabilidade. De acordo com ela "não existe coragem sem vulnerabilidade". Diferentemente do que a maioria de nós pensa, uma não é o oposto da outra. Pelo contrário, uma só existe se a outra existir também. Eu nunca tinha pensado sobre isso. Até me dar conta de que em TODOS os momentos em que fui corajosa, eu estava completamente vulnerável. E estarmos vulneráveis é uma das coisas que mais tememos na vida. Por isso construímos muros ao nosso redor, muros que a gente não sabe se nos protegem ou se nos isolam. E a coragem faz isso: destrói suas paredes e nos deixa ali, expostos, sem proteção, mas com o caminho livre para buscarmos o que queremos. Ela nos desarma e dá espaço para a vulnerabilidade que chega e só permite que lutemos assim: corpo a corpo. Sujeitos aos mais variados tipos de machucados: feridas no ego, corações partidos, decepções que parecem socos no estômago. Mas só ganha cicatrizes quem tem a coragem de tirar a armadura e de deixar a pele exposta. Ser corajoso é desnudar a alma e andar com o coração fora do peito. É se permitir sentir, acertar, fracassar, ter crise de riso e chorar até desidratar. Não é deixar de ter medo. É ter muito medo. Pavor. Mas fazer ou falar o que quiser do mesmo jeito. Arriscar.

Ser corajoso é ser vulnerável, afinal, não dá para dar a cara a tapa usando capacete.

Zona desconfortável

Zona de conforto é o abraço apertado que, ao invés de afagar, machuca. É o banho quente com aquela única gota de água gelada que não faz sentido estar ali. O cobertor felpudo que você ama, mas que te dá alergia. Ou seja, é algo que tinha tudo para ser bom, mas é horrível. Convenhamos: a zona de conforto é desconfortável para caramba. Ela nos amarra a uma corrente invisível que não nos permite seguir em frente. Ficamos paralisados. E, pior, conformados! A gente se acostuma com a dor, com o cansaço, com os medos, com o emprego ruim, com o relacionamento meia-boca, com a falta de brilho no olhar. Buscar coisas novas? Nem pensar. Superar? Nem passa pela nossa cabeça! Nessa zona, mudanças são mais temidas do que espinha em véspera de festa. Para entrar nela, precisamos deixar a coragem do lado de fora. Ao invés de correr riscos, corremos de nós mesmos. Viver na zona de conforto é se dar conta de que não é preciso cometer nenhum tipo de crime para ser privado da própria liberdade. Nem todo mundo que está preso está encarcerado. Nossa zona de conforto é nossa prisão particular.

Atenção que faz crescer

Uma vez li esta frase que, num primeiro momento, passou despercebida, mas depois fez muito sentido: "tudo aquilo a que você dá atenção cresce". E, de fato, percebi que é assim mesmo que as coisas funcionam. Quanto mais me preocupava com um problema, maior ele ficava. Quanto mais medo eu sentia, mais o medo ocupava espaço dentro de mim. Quanto mais eu achava que tinha que esquecer alguém, mais eu me lembrava da pessoa. Quanto mais eu pensava no que poderia acontecer de ruim, mais momentos difíceis eu vivia. A atenção que a gente dá a determinado assunto faz com que ele se multiplique. Precisamos focar nas coisas boas para que elas cresçam. E tentar ignorar as coisas ruins para que elas continuem pequenas até se tornarem insignificantes para nós.

Lição aprendida não é repetida

Eu acredito muito que cada pessoa que passa pela nossa vida tem um papel. Uma importância. Cada ser humano que cruza nosso caminho vem para nos ensinar algo. Quanto mais alguém mexe com você, maior a lição que ele vai te proporcionar. Aquilo que o outro não pôde te dar é o que você precisa buscar em si mesmo. Um amor não correspondido, por exemplo, é um sinal claro de que todo o sentimento que você tinha pela pessoa e foi recusado (e, lembrando, ela tem todo o direito de não o querer) deve ser transformado em amor-próprio. Correr atrás de quem já disse que não te quer é abrir feridas em você mesmo com suas próprias mãos. Insistir no que machuca é se afastar da sua cura. Essa situação pode durar anos, ou se repetir com pessoas diferentes, até você aprender a lição. Não ignore, entenda, aceite. Lição aprendida não é repetida.

Desistir

Uma vez uma pessoa me disse, com certo orgulho na voz, que nunca desistia de nada. Falou que lê até o final até quando não está gostando de um livro. Fico feliz por ela, se é algo que lhe faz bem, que continue se desafiando e indo até o fim em relação àquilo que se propõe a fazer.

Ensinaram para nós que não podemos desistir de nada. Mas isso é tão relativo! Há situações e situações. Acho que o tempo é precioso demais (e cruel também) para gastarmos com o que não nos faz bem, lá na frente esse tempo malgasto pode fazer diferença.

Temos a esperança de que, se insistirmos em algo, poderemos nos surpreender depois de forma positiva. Mas, normalmente, aquilo que a gente já sentia que não estava bom continua ruim. Precisamos acreditar na nossa intuição. Pode deixar o livro pela metade sim, pode desistir do curso do qual você não gosta, pode largar o emprego que odeia, pode terminar uma relação que não está te fazendo bem.

Isso de que desistir é coisa de gente fraca é uma das coisas mais injustas que já ouvi. Muitas vezes é preciso ter muito mais força para soltar do que para continuar carregando algo.

As pessoas são julgadas por quererem fazer o melhor para si, por irem na contramão dos que não desistem nunca (mesmo que estejam aos pedaços). Acho que não vale a pena insistir naquilo de que não gostamos, naquilo que nos machuca, que vai contra nossos princípios. Tem persistência que fere a alma. Eu prefiro deixar as coisas pela metade e ser inteira por dentro.

Vilões e mocinhos

Tem frase que, quando ouvimos, parece que levamos um tapa na cara. Esta é uma delas: "Você pode até ser uma pessoa boa, mas já foi o vilão na história de alguém". Precisei de alguns dias para digerir essa informação. Mas, depois, não pude deixar de concordar com ela. Somos os protagonistas da nossa história. Na nossa biografia somos os mocinhos, nunca os vilões. Ignoramos que, talvez, sejamos sim o vilão na história do outro. Nem sempre o principal, o que causou o maior estrago. Mas alguém que, mesmo sem querer, fez mal a ele. Acontece. Não importa o quão incríveis sejamos, já pisamos na bola com alguma pessoa. Esse entendimento me ajudou a me tirar do papel de vítima do mundo. Não culpo os outros por tudo de ruim que me acontece. Agora eu consigo ver as situações por outras perspectivas e admito meus erros. Perdoar quem me machuca tem sido algo muito mais fácil. Os personagens da minha história não são mais divididos em vilões e mocinhos, são todos pessoas como eu, que acertam e erram também, mas estão aqui tentando fazer o seu melhor.

A morte não mata tudo

O *eterno* me encanta. Já o *nunca mais* me apavora. E a morte é isso: o fim definitivo de um *para sempre* que não vai mais existir.

Acho que a única ferida que nunca cicatriza é aquela deixada pela perda de alguém querido. Porque não é um machucado. É um buraco que fica no peito. A pessoa leva um pedaço da gente, não tem como tapar. Com o tempo, aquela dor dilacerante parece que vai diminuindo. Não sei se realmente dói menos ou se nos acostumamos com ela.

Muitas pessoas não gostam de falar de quem já foi embora. Evitam compartilhar memórias porque lembrar causa muita dor. Já eu sou do time dos que não economizam lembranças. Gosto de fingir que elas são meu superpoder. E que, através delas, eu consigo trazer quem eu amo de volta, nem que seja só por alguns instantes. É bem aqui na minha memória que mantenho vivos todos os que eu amei e que já se foram.

A perda física não acaba com nossos sentimentos. Quem é amado se eterniza no coração da pessoa que o ama. A morte não mata o amor.

Dicas sobre o futuro

"Se eu pudesse dar só uma dica sobre o futuro seria esta: usem filtro solar!", disse Mary Schmich naquele texto lindo sobre a vida. Já eu, se pudesse dar duas dicas, seriam estas: usem filtro solar e não levem nada para o lado pessoal. Esta última tem sido a salvação dos meus dias e a dona da minha paz de espírito.

Não levem coisa alguma para o lado pessoal. O segredo é esse. O amigo que se afastou, o amor que não quis ficar, a atendente que te tratou com grosseria, a cara fechada de quem você cumprimentou sorrindo. As pessoas têm suas questões. Na maioria das vezes, as suas ações não têm como alvo a sua dor. Somos atingidos indiretamente. Como eu sei disso? Porque eu também já estive do outro lado. Já me afastei de amigos, já recusei o sentimento de alguém, já fui grossa com desconhecidos, já fechei a cara para quem sorriu para mim. E em nenhum desses casos eu tinha algo contra as pessoas envolvidas. Afastamento é algo comum na vida, nem sempre nossas mudanças batem com as mudanças do amigo e o distanciamento acontece de forma natural, não é nada planejado. O amor é um sentimento supersacana que, às vezes, teima em bater em um peito só e isso não tem nada a ver com achar o outro insuficiente ou coisa assim. Simplesmente não há reciprocidade. Problemas em geral nos deixam mal-humorados e a gente acaba descontando nosso descontentamento com a vida em pessoas inocentes.

O mau humor, muitas vezes, fala mais alto do que a educação e nos damos o direito de não sorrir quando não estamos com vontade. É isso. Ninguém te odeia. Ninguém tem nada contra você. Ninguém quer te atingir. Ninguém quer te magoar de propósito. As pessoas têm mais o que fazer. Elas têm uma vida (a própria) com a qual se preocupar.

É claro que, às vezes, acontece de alguns mal-amados terem sentimentos ruins contra quem aparenta estar bem, pois isso os incomoda. Mas querem saber? Até essas pessoas, no fundo, não têm nada contra ninguém, seu grande problema são elas mesmas. É mais fácil odiar alguém do que admitir não gostar de si mesmo. Apontam dedos para os problemas alheios para não olharem para os próprios. Torcem contra os planos dos outros porque na própria vida nada acontece. Gente malresolvida não suporta gente livre e feliz. Então, não se preocupem.

Não levem nada para o lado pessoal, mas levem o filtro solar na bolsa.

Sofrimento em vão

Uma das minhas maiores dificuldades é não sofrer por antecipação. Acho que toda a energia desnecessária que gastei na vida, sofrendo por coisas que nunca aconteceram, abasteceria a cidade de Nova York por um século. Aquela prova, aquela entrevista de emprego, aquele encontro: não foram tão ruins assim. E aquela dor de cabeça nunca foi câncer, apesar de a minha pesquisa no Google ter dito que era. Tenho tentado me manter mais conectada com o presente. Deixar as coisas acontecerem naturalmente, sem me sentir mal por aquilo que eu nem sei se vai mesmo acontecer. Sempre que me pego ansiosa, desesperada por algo que pode acontecer lá na frente, eu me pergunto: Eu tenho controle sobre isso? Se a resposta for NÃO, tento me acalmar e deixar para lá. Ainda é difícil, porque, se dependesse de mim, eu teria poder de controlar tudo, mas eu sei que não tenho. Faço o que está ao meu alcance, mas sei que devo soltar e confiar. Por mais que a gente tente prever o futuro, a vida é imprevisível. Sofrer por aquilo cujo controle não temos é um sofrimento em vão.

Seguindo ou fugindo?

Eu sempre tive dificuldade de seguir em frente depois que algo ruim me acontecia. Era como se minhas pernas perdessem força, simplesmente não conseguia caminhar. Mas depois entendi que não podia ficar parada no mesmo lugar, precisava, pelo menos, dar o primeiro passo. Os seguintes viriam com o tempo. E foi assim que fiz. Não dava apenas um passo, dava vários. Passos largos e rápidos. Praticamente corria de tudo o que tinha me feito mal um dia. Mas, de repente, comecei a tropeçar em tudo aquilo que eu estava tentando superar. Não entendia o porquê. Só depois me dei conta de que não estava seguindo em frente, estava apenas fugindo. Seguir e fugir são coisas completamente diferentes. Fugimos quando ignoramos o que se passou e continuamos nossas vidas como se nada tivesse acontecido. Não há dor. Não há luta. Não há aprendizado. Colocamos o monstro para dormir, mas, mais cedo ou mais tarde, ele vai acordar e poderá nos ferir.

Seguimos em frente quando, antes de caminhar, enfrentamos o que nos machuca. Abrigamos tudo o que dói e tiramos lições. A pisada firme e os passos seguros vêm depois do processo de transformação interior, depois que a dor se torna cura.

Apenas andar para frente não traz nenhum tipo de mudança. Quem varre a poeira para debaixo do tapete continua a ter uma casa suja. É preciso recolher e jogar o lixo fora. Há muita sujeira emocional dentro de nós. Manter a casa limpa é difícil, mas necessário. Antes de dar o primeiro passo, se pergunte: estou seguindo em frente ou estou fugindo?

Nenhuma certeza

Consulta médica marcada com antecedência. Horário quinzenal no salão de beleza. Terapia semanal. Viagem de férias programada para julho. Aniversário da amiga no fim de semana. Encontro na sexta. Show da banda preferida no fim do ano. Reunião importante daqui a dois dias.

Agendas cheias de compromissos traduzem nossa certeza no amanhã e nenhuma dúvida de que estamos no controle.

Morte. Doença. Pé quebrado. Infarto. Vírus.

Tudo cancelado.

A única certeza que nos resta é de que não existem certezas nesta vida.

Capítulo 5

PARA OS DIAS DIFÍCEIS

Sobre acreditar em dias melhores. Palavras para abraçar o coração e afagar a alma.

Somos todos poesia

Eu vou falar da dor
com o mesmo entusiasmo
com que falo de amor.

Vou admirar as lágrimas escorrendo do seu rosto
assim como sempre admirei o brilho dos seus olhos.

Seja coração dilacerado,
seja coração acelerado,
ambos continuam pulsando
dentro do seu peito.

Não importa o que sente,
como sente,
por quem sente:
sentir significa existir.

A vida por si só é poesia.

Sentir

Gosto de ser a pessoa que oferece palavras bonitas, aquelas que confortam corações. Mas me sinto ainda mais útil quando "permito" que manifestem suas dores. Dizer: "você tem todo o direito do mundo de ficar mal por esse motivo", ao invés de "há tantas coisas boas na sua vida, não fica triste por isso não". Trocar o "não chora não" pelo "pode chorar sim". Tenho tentado fazer isso. Parar de consolar e apenas dizer: "sinta o que estiver sentindo. Não tem nada de errado nisso". Ensinaram para nós que esses sentimentos ruins são errados, que não podemos senti-los. Mas podemos (e devemos!) sim. Tristeza, raiva, medo, mágoa, decepção... Primeiro a gente sente, depois, de alguma forma que não sei explicar, eles se transformam dentro de nós. E aí é a nossa vez de sermos transformados. Viver é se permitir sentir. Nossas mudanças mais profundas vêm da transformação das nossas emoções. Quando a tristeza vira lição. A mágoa, perdão. A raiva seca e nos mostra coisas que não conseguíamos enxergar. Ignorar o que sentimos é evitar a nossa evolução. Que possamos ser livres para sentir, só assim estaremos livres para viver.

Metamorfose ambulante

Acho encantador o processo de metamorfose das lagartas até se tornarem borboletas. Tem todo o seu esforço, o casulo apertado, o incômodo, a dor, a dificuldade, a demora. Um dia ela é um bicho feio, que muitos consideram nojento. No outro, ela é o inseto mais admirado do mundo, tamanha é a sua beleza. Nós também passamos por metamorfoses, mas elas não são tão visíveis. Nossas mudanças são internas, ninguém vê, mas nós sentimos. E, normalmente, assim como acontece com as lagartas, nossa transformação é fruto de períodos difíceis. Toda vez que alguém questionar as razões de estar sofrendo, de nada dar certo, de sentir tanta dor... Uma borboleta deveria pousar em seu ombro.

Nada é em vão

Tudo tem um propósito.
Nada acontece na nossa vida em vão.
Ferida é lição.
Lição é amor.
Foi rasgando meu peito na dor
que vi de perto meu coração.

A dor é apenas um caminho

Eu não acho que a dor seja algo incrível. Porque não é. Incrível é o que a gente consegue tirar dela: o amadurecimento, os aprendizados, as mudanças. O sofrimento por si só não é bonito, não é agradável, não é transformador. Só muda quem consegue ver além dele. É essa parte que é boa. É dessa parte que a arte tanto fala. Do poder de se refazer. Da força que a gente não sabia que tinha. Do mundo colorido que surge depois de caminharmos tempo demais em estradas cinzas.

Foi entendendo que sofrer faz parte da vida e que se sentir assim é apenas o início de alguma transformação importante que eu parei de temer qualquer tipo de sofrimento. Aceitei-os todos. A minha dor deixou de ser algo que me consome. Ela passou a ser algo que eu me permito sentir, para que ela possa sair do meu peito e me transformar.

É preciso encarar o que dói com os olhos de quem sabe que nada do que está sentindo será em vão. Ainda há muito chão a ser percorrido e muita lição a ser aprendida. A dor é apenas um caminho que nos leva ao encontro de nós mesmos.

Tudo passa

Vai passar.
Isso não é uma frase motivacional. É uma constatação. Se você está me lendo agora com os pulmões cheios de ar e o coração batendo, tenho uma ótima notícia: você sobreviveu a todos os problemas que viveu até hoje. E, sinto te dizer, não é porque você é uma pessoa incrível e dá conta de tudo. Talvez até seja. Mas o motivo principal é outro: o tempo faz isso por nós. Ele leva embora (ou ameniza) nossas dores, ressentimentos e mágoas, fecha cicatrizes, junta os pedaços do nosso coração, faz dúvidas se tornarem certezas, máscaras caírem, dívidas prescreverem, pessoas perderem importância, gente ruim se afastar... Passaria um dia listando todas as coisas incríveis que ele pode fazer por nós. Tudo, absolutamente tudo, passa.
Independentemente da nossa vontade.
Independentemente do nosso preparo.
Independentemente do nosso controle.
Para confirmar isso que estou dizendo, pense em como você estava há um ano: quanta coisa mudou? Talvez ainda persista uma dor ou outra, mas, definitivamente, não dói como antes. Talvez você tenha problemas ainda maiores, mas aqueles antigos já passaram. E com certeza você aprendeu algo. Amadureceu. É outra pessoa agora. Dar-se conta disso é incrível e libertador. Faz a gente seguir em frente. De cabeça erguida.

E o coração cheio de esperança. Porque tudo passa. Se não passou ainda, vai passar.

Acreditar

"A gente tem que acreditar" é um mantra pessoal meu. Quando começo a duvidar de mim ou de que algo dará certo, penso comigo mesma: acredite! Quem acredita tem fé. Quem acredita tem esperança. Quem acredita não tem dúvidas de que tudo irá se resolver. Acreditar é saber a dimensão do nosso tamanho. Saber que o Universo nos acolhe e a gente só precisa se jogar. Sem medo. É ter a certeza de que nunca estaremos desamparados, de que há uma força acima de nós que nos vigia e protege. Quem não acredita não tem sonhos. Não tem planos. É consumido pela angústia do presente. Quem acredita sabe que tudo passa. Que tudo o que acontece na nossa vida tem um propósito. Acreditar é ter a capacidade de transformar dor em lição. Fracasso em força. Erro em sabedoria.
Duvidar machuca.
Acreditar cura.
Então nunca deixe de acreditar.

Brilhando no escuro

São tantos os filtros e as máscaras que inventamos para nós mesmos que, muitas vezes, fica difícil acharmos nossa verdade. A dor que aperta o peito, a tristeza que machuca, o medo que sufoca. Tentamos esconder tudo isso por tanto tempo que, de repente, explode algo dentro de nós que nos paralisa. E ficamos angustiados. Dá vontade de sumir. "Por que estou me sentindo assim?" – é a pergunta que fazemos. Nem nós sabemos a resposta.
Ninguém quer dizer aos quatro ventos que está mal, mas em meio a tanta felicidade inventada e vidas falsamente perfeitas na internet, fingir que está tudo bem tem feito cada vez menos sentido. Porque a mentira pode ser bonita, mas é a verdade que conforta e abraça, mesmo quando estamos embaixo de uma tempestade. Que possamos viver os dias de chuva sem fingirmos que estamos curtindo um dia de sol. Não precisamos disso. Aceitar a nossa sombra é a forma de deixarmos ainda mais intensa a nossa luz. Dessa forma, continuaremos brilhando, mesmo quando estivermos no escuro.

Coragem

Que nunca lhe falte coragem para ser quem você é. Coragem para desbravar o seu eu e se encontrar. Coragem para dizer o que pensa e fazer o que lhe der vontade. Coragem para escalar uma montanha, pular de paraquedas, nadar com tubarões. Coragem para dançar no meio da rua enquanto ouve Beyoncé no fone de ouvido. Coragem para cantar em voz alta uma música cuja letra você não sabe. Coragem para tomar banho de chuva enquanto todos correm dela. Coragem para usar chinelo em um lugar onde só usam salto alto. Coragem para ser gentil com alguém que é invisível para a maioria. Coragem para dizer a todos que são importantes o quanto você os ama. Coragem para defender o que você acredita. Coragem para nunca aceitar menos do que merece. Coragem para nunca abaixar a cabeça. Coragem para apreciar sua própria companhia. Coragem para aceitar as coisas como são e não do jeito como você queria que fossem. Coragem para deixar ir aquilo e aqueles que te machucam. Coragem para arriscar. Coragem para enfrentar o novo. Coragem para pedir desculpas. Coragem para perdoar. Coragem para assumir seus sentimentos. Coragem para amar. Coragem para sentir. Coragem para viver. CORAGEM!

Para os dias difíceis

Roupa de cama limpa. Cheiro de café. Ter alguém para chamar de amigo. Família. Ganhar um presente que queria sem ter pedido. Receber um texto/imagem acompanhado de um "lembrei de você". Matar saudade de quem já se foi num sonho. Borboletas no estômago. Colocar a sombrinha na bolsa em dia sem previsão de chuva e chover. Amor de bicho. Rir até a barriga doer. Comer algo de que estava com desejo. Dançar. Chegar no ponto bem na hora em que o ônibus passa. O silêncio do seu quarto. A lua. Ouvir uma música que se encaixa exatamente no que está sentindo. Deitar na sua cama depois de um dia cansativo. Casal de idosos de mãos dadas. Barulho de chuva. Beijo na chuva. Beijo sem chuva também. Reciprocidade. Anúncio de uma nova temporada da sua série preferida. Terapia. Dia em que o cabelo fica bonito naturalmente. Viajar. Livros. Encontrar uma pessoa especial sem ter combinado. Testemunhar um gesto de gentileza. Feriado. Tirar um sorriso de alguém. Sororidade. Achar dinheiro que tinha esquecido em algum lugar. Fazer playlists. Sinceridade de criança. Ajudar outras pessoas. Memes. Gifs. Figurinhas. Receber elogios. Aprender algo novo. Abraço apertado. Beber água quando está com sede. Realizar algo que achava que não conseguiria fazer. Cheiro de bebê. Conversar com alguém que tem as mesmas ideias que você. Comprar roupa, sapato e maquiagem. Fazer a sobrancelha. Sorvete e não feijão no pote. Conhecer pessoas e lugares novos. Estar na companhia de quem é importante para você. Entrar numa roupa que estava apertada. Escrever. Reconhecer suas qualidades. Abraçar seus defeitos. Perdoar. Respeitar. Natureza. Fé. Deus. Respirar. Guardar a tristeza e as preocupações no bolso por um instante e listar algumas coisas que te fazem feliz.

Ciclo sem fim

A gente cai, se machuca, levanta. A queda nos ensina lições importantes. Mas continuamos tropeçando, ralando os joelhos, quebrando a cara e, vez ou outra, o coração também. O aprendizado vem um pouco tarde. Mas é assim mesmo. São os erros que ensinam. Mas, depois que passa, a vida muda as perguntas. O gabarito não bate. De novo não sabemos a resposta. De novo erramos. De novo aprendemos com o erro. De novo. E de novo. E mais uma vez. É um ciclo sem fim. A vida é diferente da escola: primeiro vem a prova, depois é que a gente aprende a matéria. Lição fica e vira tatuagem: é eterna, mas desbota com o tempo. Isso tampouco importa, dificilmente as respostas das próximas perguntas estarão na nossa pele. Vamos ter que errar de novo, sentir de novo, sangrar de novo. Até mesmo um corpo todo tatuado tem muito o que aprender.

Cicatrizes

Feridas se abrem, doem muito, mas depois cicatrizam. Com o tempo se tornam apenas marcas na nossa pele (ou na nossa alma). Nem sempre as cicatrizes são visíveis aos olhos, mas a gente sabe que se curou porque não sangram mais. Acho lindo esse jeito de deixarmos registradas em nós as batalhas que vencemos. A dor vai embora, mas ficamos marcados. Provavelmente, para que nunca nos esqueçamos de que não importa quantas feridas se abram, um dia elas vão se fechar.

Ninguém é super-herói

Acho uma falta de sensibilidade achar que saber lidar com um problema é ignorar que ele existe. Engula o choro, finja que não dói. Sorria. Você é forte. Há pessoas enfrentando problemas piores.

Não. Não é assim que funciona. O seu coração partido importa. Os seus problemas de família importam. A falta de dinheiro importa. Os medos que te assustam importam. Porque isso dói em você, e em ninguém mais.

A gente não precisa andar com a ferida exposta para todo mundo ver, mas dizer que não dói? Qual é! Está Sangrando! Claro que dói. E tudo bem. Aceitar o problema é o primeiro passo para resolvê-lo. Uma coisa é vestir o papel de vítima e se lamentar para sempre. Outra, bem diferente, é encarar o que te machuca e deixar doer. Querer chorar, querer gritar, querer que o mundo exploda – isso é normal. Depois o tempo acalma nosso coração. Mas é humano e necessário sentir. Não dá para ser indiferente. O aprendizado vem depois, mas a dor vem agora. Tudo tem sua hora. Permita-se tirar a capa de super-herói. Não adianta querer ser homem ou mulher de aço, nosso coração vai pulsar e sangrar até o último dia de nossas vidas.

Forte e leve

É incrível saber a intensidade da nossa força. O problema é que, quando sabemos que somos fortes, achamos que precisamos ser assim toda hora. Você pode carregar toneladas, mas isso não significa que precisa segurar esse peso o tempo todo. Eu tenho dificuldade de entender isso. Às vezes, eu simplesmente não quero carregar nada. Quero leveza. Quero paz. Quero serenidade. Quero deixar meus problemas, meus medos, minhas inseguranças, minhas tristezas... Para lá. Por um instante que seja. "Mas eu sou forte!" – penso. Parece um desperdício não usar essa força. Parece um desperdício deixar minhas mãos vazias. Mas eu preciso delas para estendê-las a quem precisa. Eu preciso delas para acariciar quem é importante para mim. Eu preciso segurar minha própria mão caso o medo apareça, mesmo sem ser convidado.

Nós precisamos entender que ser forte não é carregar peso 24h por dia. Está tudo bem soltá-lo. É possível ser forte e leve ao mesmo tempo.

Fé

Eu não posso afirmar quando as coisas vão melhorar. Atrevo-me a dizer que hoje, talvez amanhã ou ainda esta semana. Não sei ao certo. Na verdade, não tenho certeza de nada (nem das minhas próprias certezas). Eu mudo o tempo todo, as pessoas ao meu redor também. O mundo então, nem se fala. É uma caixinha de surpresas. É por isso que precisamos ter FÉ. Essa palavra tão pequena tem dentro de si grandes sonhos. Carrega um peso bem pesado nas costas. Ela é nosso alicerce. Não nos deixa sucumbir. Quando perdemos o chão, nos mantemos em pé por sua causa. "Dias melhores virão" é o recado que a fé deixa registrado no coração de cada um de nós, todos os dias, antes de irmos dormir.

Movimento natural da vida

É aos poucos mesmo. Às vezes o processo é tão lento que nem percebemos o que aconteceu. De repente nos damos conta de que a ferida cicatrizou, o coração voltou a ser inteiro, o medo virou coragem e muitas dúvidas se tornaram certezas. É entre choros e sorrisos que as mudanças acontecem. Nossa evolução não é linear. Estagnamos. Damos passos para trás. Andamos em círculos. Para só depois seguirmos em frente. E seguimos, porque esse é o movimento natural da vida.

Sob nova direção

Recomeçar não é começar do zero.
É seguir do ponto de onde paramos, mas agora com a bagagem um pouco mais pesada – com erros a mais, dores a mais, decepções a mais e algumas lições novas.
O recomeço se dá a qualquer momento. Não depende de novos meses ou anos.
Ele acontece quando nossa alma clama por mudanças.
Quando reconhecemos que não dá mais para continuar do jeito que está.
Recomeçar é plantar sementes de esperança num jardim que estava quase morto.
É restaurar nossa vida. Dar a ela cores mais vivas e traços mais bonitos, uma vez que estava desbotada e desgastada demais.
É ser quem somos, mas dizer adeus ao nosso antigo eu e deixar uma nova (e melhorada!) versão de nós mesmos no comando.

Para anotar e não esquecer

Nunca retribua mal com mal. Saiba transformar aquilo que te feriu em algo que vai te curar. Não negue sua dor, deixe doer. Uma hora ou outra, vai passar. Cultive sentimentos bons. Esteja rodeado de gente que te faz bem, não há nada melhor do que ter com quem contar e compartilhar nossas histórias. Seja sincero com você e com o outro. Não se esqueça de ser gentil com as pessoas, não dá para saber o quão sangrentas são suas batalhas. Celebre suas pequenas conquistas, pois elas te darão confiança para realizar aquilo que você sempre sonhou. Não precisa concordar, não precisa entender, não precisa sequer aceitar aqueles que são diferentes de você, mas é imprescindível que você os respeite. Seja luz e ajude a iluminar caminhos. Não deixe que a opinião alheia te faça duvidar de si mesmo. Não se diminua ou aceite menos do que merece por medo de ficar sozinho. Saiba seu valor, saiba seu tamanho. Olhe sempre ao seu redor, mas olhe para dentro com mais frequência. Busque o autoconhecimento, saiba quem você é. E comece a se entender, a se amar e a se perdoar. É errando que se aprende. Todo mundo comete erros, inclusive você, por isso perdoe os outros também – um dia você perdoa, um dia perdoam você (é assim que funciona!). Encare as mudanças da vida com positividade. Seja grato a tudo, até àquilo que não foi bom. Nunca, nunca, nunca desista de você. Seja seu protetor, incentivador, seu mestre, sua bússola. Exercite o hábito de acreditar. Acredite. Como muito bem diz aquela canção: "Quem acredita sempre alcança".

Perder-se também é caminho

"Às vezes é preciso se perder para se encontrar" – ouvi essa frase há algum tempo e hoje ela faz todo o sentido do mundo para mim. Quando nos perdemos, a gente perde o rumo. E muda de calçada. Muda a rota e o destino final. Muda os sonhos. Muda os planos. Muda as certezas. Muda os medos. Muda os gostos. Muda de roupa. Muda o cabelo. Muda o sorriso. Muda por dentro e por fora. Muda porque a pessoa que éramos antes deixa de existir. A mudança nos leva ao encontro de nós mesmos. E a gente se acha, se entende, se ama. Não tem como negar o que Clarice Lispector disse: "perder-se também é caminho".

Tempo certo

"Tudo acontece do jeito e no tempo em que precisa acontecer" – repito essa frase incontáveis vezes para mim mesma, sempre que meus planos não dão certo. Ao mesmo tempo em que me acalma, ela acaba comigo. Porque não acho justo. Porque eu queria que minha vontade prevalecesse. Porque eu não sei esperar. Leva-se tempo para aceitar que as coisas são como são. Não vou negar que é difícil. Cada plano frustrado é um soco no estômago. Mas a certeza de que não ter dado certo é sinal de que algo melhor virá me conforta. Não tenho dúvidas de que os planos de Deus são melhores do que os meus. Tudo no seu tempo. A espera é angustiante, mas ela também é essencial para sabermos o que de fato desejamos para nós. Persistir é não ter dúvida do que se quer. Mas, infelizmente, querer não é poder. Não temos controle de coisa alguma. O que tiver que ser, será. O que nos resta é aceitar o que vem e nunca desistir dos nossos sonhos.

Imortais

Não é ser melhor do que os outros. É buscar ser sempre a sua melhor versão. Não é chegar rápido. É entender que, às vezes, você precisa de pausas. Não é querer agradar todo mundo. É agir de acordo com seus princípios e ser fiel a si mesmo. Não é ser o mais bonito, mais sarado, mais rico. É ter o sorriso mais sincero. Não é ter milhões de seguidores nas redes sociais. É ter quem caminhe ao seu lado. Não é ser feliz o tempo todo. É saber tirar lição dos momentos difíceis. Não é ser aceito e admirado pelos outros. É se amar, se conhecer, se aceitar e cuidar de si mesmo. Não é construir impérios. É construir vínculos. É morrer, mas continuar vivo no coração de alguém. O afeto de quem nos ama faz a gente viver além da nossa própria existência. O amor nos torna imortais.

Alguém para perdoar

Eu te perdoo por me colocar para baixo e me fazer duvidar de mim. Eu te perdoo por me desmotivar e dizer que meus sonhos nunca serão realizados. Eu te perdoo por deixar que feridas que estavam cicatrizadas voltassem a se abrir. Eu perdoo cada vez que me deixou acreditar que eu era inferior. Perdoo ter permitido que eu fosse displicente comigo mesma. Eu te perdoo por ter deixado a opinião alheia me afetar tantas vezes. O meu perdão é todo seu.
Sei que você não faz por mal.
Sei que, no fundo, quer o meu bem.
Eu te perdoo porque consigo me colocar no seu lugar.
Na verdade, o seu lugar é o meu lugar.
Porque você sou eu.

Gratidão

Agradeça por tudo o que deu certo. Agradeça ao que deu errado também. Às portas que se fecharam e às janelas que se abriram. Agradeça aos muros que construiu e às paredes que conseguiu derrubar. Agradeça às pessoas que cruzaram seu caminho – às que te machucaram: pelas lições que vieram com a dor; às que te fizeram bem: pelo apoio, carinho e amor. Gratidão é prece. É sentir-se abençoado por usufruir o dom da vida. É aceitar o que faz bem e o que rasga o peito com a mesma receptividade. Tudo o que vem, vem por um motivo. Reconhecer isso é o que nos traz paz. É o que nos ajuda a levantar quando caímos. Ser grato é, mesmo aos pedaços, ser inteiro.

Entendimento e aceitação

Nem tudo acontece do jeito que a gente quer que aconteça. E costuma ser difícil lidar com isso. Chega a machucar. E dói. Muito. Acho que aceitar a realidade como ela é, é uma das tarefas mais árduas da vida. Há sempre alguma coisa para melhorar, uma ferida para fechar, um medo para superar. Mas encarar tudo isso de frente é extremamente necessário. A lamentação só traz dor. O entendimento traz aceitação. E a aceitação traz a cura.
Curar-se é entender e aceitar a vida do jeito que ela é.

Um dia de cada vez

Nenhuma mentira, por mais bonita que seja, é melhor do que a verdade. Eu busco ser sempre sincera e espero isso das pessoas também. Mas sinto que falhei nesse quesito. Não é que eu minta. Eu escrevo sobre ideais. E ideais não são 100% reais. São palavras bonitas que precisamos ouvir e entender, mas que não conseguimos aplicar na nossa vida sempre. Desculpe se fiz você se sentir deslocado ou menor por não conseguir ver a vida de forma tão linda ou por não se amar tanto. Eu não sou exemplo de amor-próprio, eu não me amo todos os dias. Nem sou a pessoa mais otimista do mundo. Por mais textos motivacionais que eu escreva, há dias em que eu só quero reclamar. Falo muito de gratidão, mas, às vezes, eu só enxergo o que me falta. E fico triste. E acho que o mundo é injusto. Bato na tecla do perdão, mas, vira e mexe, olho para dentro de mim e vejo que ainda há ressentimentos que não foram embora. Há dias em que tenho conversas maduras e há dias em que eu fico nervosa porque não consigo passar de fase no jogo do celular. Tenho vontade de bater na cara de alguém que diminui um problema meu dizendo que há pessoas morrendo de fome na África. Isso, de fato, é horrível e nos faz entender o quão privilegiados nós somos, mas eu não posso perder meu direito de ficar mal, por mais fútil que seja o motivo, porque há pessoas com problemas maiores. Isso aqui não é uma competição. E, como não somos rivais, eu quero que sejamos amigos. Já que não dá para sermos perfeitos, que sejamos imperfeitos juntos. Eu vivo me sentindo uma fraude, mas tenho tentado me perdoar por não ser essa mulher maravilhosa que descrevo nos meus textos. Tenho entendido a cada dia mais que o fato de tentar ser uma pessoa melhor já é algo incrível. Porque há dias em que eu consigo. Mas há dias em que não. E tudo bem. Eu sinto que a gente se sente pressionado a ser perfeito o tempo todo, não só na aparência, mas nas atitudes também. Mas oh: não precisa. Eu me liberto e liberto você dessa. Abraçar nossas imperfeições, não ser grato todos os dias, reclamar e querer mandar pessoas à merda não é um problema. É humano. A gente erra, faz besteira, magoa os outros, se magoa. Acontece. As lições e o amadurecimento vêm depois. Há dores, arrependimentos, tristezas... Um tanto de coisa no meio do caminho. Tudo no seu tempo.

Seja feliz, seja triste, seja decidido, seja indeciso, seja grato ou ingrato... Seja a pessoa que você der conta de ser.

Um dia de cada vez.

Agradecimentos

Sou grata a muitas pessoas. Acredito que não fazemos nada nesta vida sozinhos. Por isso, chegou a hora de agradecer àqueles que me apoiaram durante esta jornada.

A Deus, que é a força de amor incondicional que move o Universo, por ter permitido a realização desta conquista.

À minha família – mãe, pai, irmã, irmão, avó, tias, tios, primas, primos, madrasta – pelo apoio incondicional. Especialmente às minhas madrinhas tia Thê e tia Vera pelo incentivo constante.

Aos meus amigos, que são meu porto seguro, por acreditarem em mim mesmo quando eu mesma não acreditava.

Aos meus leitores, por todo o amor e o carinho que enchem meus dias. Mas, principalmente, por terem feito com que eu acreditasse em mim mesma. Foi através dos olhos de vocês que pude enxergar que eu era capaz de escrever. Depois disso, a escrita me abraçou e agora eu não a largo por nada.

À equipe da Crivo Editorial por me acolher e me ajudar a transformar um dos meus maiores sonhos em realidade.

E a todas as pessoas que, de alguma forma, contribuíram para a existência deste livro. Seja pela referência profissional e/ou humana que são para mim, seja pelas lições que me ensinaram ao longo da minha vida, seja, ainda, pela torcida.

Meu eterno obrigada!

Este livro foi composto em Cutive e Mrs Eaves OT sobre Cartão Supremo $250g/m^2$, para capa; e Pólen Soft $80g/m^2$, para o miolo. Foi impresso em Belo Horizonte no mês de julho de 2020 para a Crivo Editorial.